KB248418

왜 사느냐고 묻거든

왜 사느냐고 묻거든

초판 1쇄 펴낸날 2010년 6월 19일

지은이 박병곤
펴낸이 강수걸
펴낸곳 산지니
등록 2005년 2월 7일 제14-49호
주소 부산광역시 연제구 거제1동 1493-2 효정빌딩 601호
전화 051-504-7070 | 팩스 051-507-7543
sanzini@sanzinibook.com
www.sanzinibook.com

ⓒ박병곤, 2010
ISBN 978-89-92235-95-2 03810

값 13,000원

* 이 도서의 국립중앙도서관 출판시도서목록(CIP)은
  e-CIP 홈페이지(http://www.nl.go.kr/cip.php)에서
  이용하실 수 있습니다.(CIP 제어번호 : CIP 2010002052)

* 이 책은 부산문화재단의 지원을 받아 발간하였습니다.

왜
사느냐고
묻거든

박병곤 지음

산지니

머리말

 기자는 의문부호(?)를 늘 가슴 속에 품고 살아야 하는 직업이다. 어떤 사안을 단순하게 전달하는 것으로 소임이 끝나는 게 아니다. 누가, 언제, 어디서, 왜, 어떻게(?) 같은 질문을 화두(話頭)처럼 지녀야만 한다. 그래야만 눈앞에 펼쳐진 현상을 분석할 수 있고 내일을 전망할 수 있기 때문이다. 요즘 유행어를 빌리자면 피로현상 탓일까. 언제부터인가 현상을 현상 그대로 받아들이고 싶어졌다. 현미경을 들이대거나 수술 칼로 이리저리 헤집어보는 것보다 '그러려니…' 하고 받아들이고 싶어졌다. 세상에 대한 체념일 수도 있고, 긍정이나 수용(受容)으로 바꿔 말할 수도 있다. 한걸음 더 나아가 달관이나 초월일 수도 있겠다.

 노무현 전 대통령의 갑작스러운 죽음은 많은 사람에게 충격이었다. 삶이 무엇인지를 되새겨보게 하는 사건이었다. 기자는 며칠 뒤 「왜 사느냐고 묻거든」이라는 제목으로 칼럼을 게재하였다. 이백(李白)의 시 구절처럼 말없이 빙그레 웃음 짓지 못하고 극단적 선택을 한 고인에 대한 안타까움을 전하고 싶었던 것이다. 이백의 '소이부답(笑而不答)'은 무한경쟁에 시달리는 세상 사람들에게 전하고 싶었던 메시지이면서, 기자 스스로 다짐하고 싶었던 덕목이라고 확신했기 때문이다. 인간은 누구나 상처와 고통을 안고 살아야만 한다. 자신에게 드리워진 어두운 그림자를 안겨준 사람들에게 분노하고 원망하며 살아간다면, 그것으로 짧은 인생은 끝나고 만다. 마치 암 환자가 암을 친구 삼아 더불어 살아가듯, 상처와 고통조차도 사랑하고 즐기며 살아갔으면 한다.

'못 생긴 나무가 선산을 지킨다'는 옛말이 있다. 키 큰 나무는 키 큰 대로, 키 작은 나무는 키 작은 대로 쓸모가 있다. 채송화는 채송화대로, 맨드라미는 맨드라미 나름의 아름다움을 간직한다. "너는 왜 그리 못 생겼느냐"고 핀잔 줄 일이 아니다. 우리 사회는 아직 다양한 생각과 삶을 받아들일 여유가 없는 상태다. '나'와 다른 '너'를 인정하고 수용하며 배려하고 존중한다면 훨씬 살맛나는 세상이 될 것이다. 키 큰 나무와 키 작은 풀, 나는 새와 들짐승이 함께 살아가며 조화를 이루는 것이 화엄법계(華嚴法界)가 아니겠는가.

말과 글이 홍수를 이루는 시대에 또 하나의 소음이면서 글 같지 않은 잡문(雜文)을 내놓아 송구스러울 뿐이다. 독자 여러분들의 따끔한 질책을 여름날 한줄기 소나기로 받아들이고자 한다. 이 책은 부산일보에 게재했던 신문 칼럼과 통도사 포교지 〈보궁〉에 발표했던 불교칼럼을 함께 실었다. 글의 흐름이 일관성을 갖추지 못해 걱정되는 바 없지 않으나, 전체 맥락은 앞서 밝힌 평소 생각과 크게 다를 바 없으리라. 책 발간에 도움을 주신 부산문화재단 관계

6

자와 부끄러운 글을 잘 단장하여준 산지니출판사 여러분, 그리고 표지 그림을 제공해주신 오순환 화백님께 고맙다는 말을 전한다. 못난 가장을 믿고 따르는 가족들과 평생직장이 된 부산일보 식구들께도 이 기회를 빌려 감사드린다.

2010년 6월

3장 사람의 향기가 그립다

6장 한반도, 그리고 일본, 중국, 미국

1장

고통 바다 건너는
뗏목 되어

하얀 꽃도 자주 꽃도
감자꽃이다

지난 6월 초 지리산 둘레길을 다녀왔습니다. 지리산이 품고 있는 자락은 워낙 넉넉합니다. 3개 도, 5개 시·군, 16개 읍·면, 80개 마을에 걸쳐 있는 옛길, 산길, 숲길, 논두렁길을 이어 놓으면 모두 300킬로미터가 넘습니다. 부산서 출발하여 하루 일정으로 돌아와야 하므로, 우선 1구간만 걷기로 했습니다. 전북 남원 매동마을에서 경남 함양 금계마을까지 약 11.5킬로미터 구간이었습니다. 80여 명이 시간을 맞춰 걷기란 여간 힘든 일이 아니었습니다. 몹시 무더울 거라던 당초 우려와는 달리 구름이 해를 살짝 가려주기도 하고 가랑비가 간간히 흩뿌리기도 하였습니다.

이름 모르는 새들이 들려주는 노랫소리에 나그네들의 발걸음이 한결 가벼워졌습니다. 분명 지리산의 선물이었습니다. 둘레길 주변은 자연과 인간이 조화롭게 공존하는 곳이었습니다. 아름드리 나무들이 도열한 숲이 있었고 마을 주변의 개울물도 맑디맑았습니다. 다랭이논에는 아직은 연약한 모들이 줄지어 섰고 길가 밭뙈기마다 씨 뿌리고 김을 맨 농부들의 정성이 가득했습니다.

저는 산이나 들로 다니기를 즐겨하면서도 나무나 작물, 꽃 이름을 제대로 모릅니다. 둘레길을 찾았던 그날도 일행 중 몇 분이 오디가 참 잘 익었네, 라거나 이건 호두나무, 저 꽃은 엉겅퀴라고 할 때 그저 귀동냥만 하였습니다. 이번에 또 감자꽃이 참 예쁘다, 라고 누가 말하였습니다. 둘레길 옆에 있는 밭에 보라색이라고 할까, 자주색이라고 할까, 예쁜 꽃밭이 눈에 띄었습니다. 저게 감자꽃이 구나 마음속으로 새겨두었습니다.

그런데 하얀색 꽃밭이 나타났습니다. 저건 무슨 꽃입니까? 라고 물었더니 그것도 감자꽃이라는 것입니다. 자연 공부에 서툰 사람으로서는 혼란스러웠습니다. 짧은 순간이나마 감자꽃은 자주색이라는 고정관념을 가졌던 저로서는 하얀 감자꽃의 출현에 그만 놀라고 말았습니다. "자주 꽃 핀 건 자주 감자/ 파보나 마나 자주 감자/ 하얀 꽃 핀 건 하얀 감자/ 파보나 마나 하얀 감자" 라는 권태웅(1918~1951) 시인의 시 「감자꽃」을 뒷날 알게 되었습니다.

둘레길 1구간 종착지인 함양 금계마을, 지금은 폐교가 된 의탄 분교에서 뒤풀이 행사를 가졌습니다. 운동장 한구석 나무 그늘 아래 둘러앉았습니다. 대금연주에 우리 민요, 판소리 한마당, 그리고 우리 가곡과 이태리 가곡 독창이 이어졌습니다. 그 중간에 일행이던 시인 세 분이 자작 현대시와 한시(漢詩)를 낭송하였습니다.

그날 참석자들은 부산의 어느 초등학교 동기생, 고등학교 동기생 모임, 사회복지 종사자들, 교회나 담임목사 없이 기도하고 예배하는 무교회주의자 모임 회원 등 다양하였습니다. 지리산의 넉넉한 품안에서 동서와 고금이 한데 어우러졌고 직업과 종교의 구별이 사라졌던 것입니다. 서로 땀 흘린 노고를 위로하였고 말로만 듣던 둘레길을 직접 찾은 기쁨을 나누었습니다.

법화경 약초품에 이런 대목이 있습니다. 삼천대천세계에 큰 구름이 뒤덮여 비가 내리면, 모든 수목과 풀들이 그 종류와 성질, 크기에 따라 비를 맞게 된다고 했습니다. 온 세상에 불법(佛法) 아닌 것이 없지만 중생은 그 근기에 따라 받아들인다고 부처님께서 비유하신 것이지요. 의상대사께서 법성게에서 "우보익생만허공/중생수기득이익(雨寶益生滿虛空/衆生隨器得利益)"이라고 하신 것도 바로 이 대목을 다시 풀이하신 것으로 보입니다.

오늘 저는 조금 다르게 풀이해볼까 합니다. 키 큰 나무나 키 작은 풀이나, 날짐승이나 들짐승이나 모두 불성을 갖춘 중생이라고 부처님이 인정하신 것입니다. 그러므로 불법의 비(雨寶)를 세상에 고루 내리신 것이지요.

다만 중생들이 무명(無明) 때문에 스스로를 부처인 줄 모르고 있는 것이라고 생각합니다. 네 탓이라는 목소리만 요란하고, 내 탓임을 참회하는 모습은 보이지 않습니다. 하얀 감자나 자주 감자나 모두 감자임을 인정한다면, 소통하고 화합하고 단결할 길은 얼마든지 있으리라 여겨집니다.

이 세상은 인드라망, 즉 생명그물로 연결되어 있습니다. 우리 모두가 관계와 관계 속에 존재함을 깨닫는다면 오늘날과 같은 혼란은 사라질 것입니다. 사소한 차이 때문에 평화로워야 할 불국토(佛國土)가 아수라장이 되어서는 안 될 일입니다. (통도사 〈보궁〉, 2009년 7월호)

당신이 누울 자리는

최진실, 장자연, 김수환, 장영희, 노무현, 마이클 잭슨……. 근래에 세상을 떠난 분들입니다. 모두 내로라하는 유명인들이기에 쉽게 그 이름들이 떠오릅니다. 그 밖에도 수많은 사람들이 정든 친지들과 작별하고 이 세상에서의 삶에 마침표를 찍었을 것입니다. 삶이 제각각이듯이 죽음도 나름대로의 까닭이 있었으리라 여겨집니다.

앞의 두 여성 연예인과 노 전 대통령은 스스로 죽음의 길을 선택했습니다. 미국의 톱스타 마이클 잭슨은 약물중독에 의한 심장병 때문으로 추정되나 정확한 사인은 아직 알 수 없습니다. 이에 비해 김수환 추기경은 여러 수식어가 필요 없을 정도로 우리 사회에서 빛과 소금이 되셨던 큰 어른이었습니다. 그분은 천주교에서 말하는 선종(善終), 즉 아름다운 마무리를 하셨던 것입니다. 서강대 장영희 교수는 어릴 때부터 장애인이었지만 이에 굴하지 않았고, 여러 가지 암에 시달리면서도 미소를 잃지 않고 생명과 나눔의 소중함을 전파하셨던 분이었습니다.

얼마 전에는 여성 산악인 고미영 씨가 해발 8, 126미터 히말라야

낭가파르바트 산을 오른 뒤 하산하던 도중 추락사하였습니다. 해발 8,000미터가 넘는 히말라야 봉우리 14개 가운데 11개를 올랐던 베테랑 산악인이었지만 운명의 벽 앞에선 어쩔 수 없었던 모양입니다. 그는 안정된 직장인 공무원 생활을 그만두고 험하디험한 산만 찾아다녔습니다. 마치 은산철벽(銀山鐵壁) 저 너머에 무릉도원이라도 있다는 듯 산을 오르내렸습니다. 그러다 히말라야 설산에서 한 떨기 꽃이 지듯 생을 마치고 말았습니다.

누구나 죽음에 대하여 이야기하기를 꺼립니다. 햇살 가득한 삶에 비해 죽음은 한 치 앞을 알 수 없는 어둠 속이기 때문입니다. 그렇지만 모든 생명은 죽음을 피할 수 없습니다. 어떻게 죽어야 잘 죽는 것인지 곰곰 생각해봐야 합니다. 1950년 6월 26일 고려대 교수였던 조지훈 선생은 멀리서 총성과 대포소리가 들려오는 가운데 학생들에게 이렇게 얘기했습니다. "오늘 이 시간 후면 제군들과 이승에서 다시 만나지 못하게 될지도 모른다. 그러니 30분만 내 고별인사를 들어라"며 "큰일을 위해 죽음을 공부하라"고 역설하였습니다.

유교에서는 이상적인 삶으로 다섯 가지 복, 즉 오복(五福)을 꼽습니다. 장수(壽)와 부(富), 몸과 마음의 건강인 강녕(康寧), 그리고 덕 베풀기인 유호덕(攸好德), 안락한 죽음인 고종명(考終命)이 그 다섯입니다. 앞의 네 가지가 삶을 위한 필요충분조건이라면 마지막 고종명은 '아름다운 마무리'에 해당하겠지요. 아무리 잘 먹고 잘 살아도 마지막이 깨끗하고 평안하지 못하다면 행복한 삶이라고 할 수 없다는 얘기입니다.

그렇습니다. 우리네 삶은 '왔다가 가는 것'이 전부입니다. 그런 까닭인지 부처님의 10대 명호 가운데도 여래(如來)와 선서(善逝)가 포함되어 있습니다. 참 잘 오시고 참 잘 가신 분이 우리 부처님입니다. 부처님은 대장장이 아들 춘다가 올린 공양을 드시다가 병을 앓게 되었습니다. 춘다가 올린 공양이 상한 음식이었기 때문입니다. 부처님께서는 음식을 맛본 후 춘다에게 "이 음식을 나만 먹게 하고 남들에게는 주지 말며, 남은 것은 구덩이에 파묻어라"고 하셨습니다. 그 음식이 상했다는 것을 알면서도 부처님께서는 춘다에게 마지막 공양을 올리는 공덕의 기회를 주셨던 것입니다. 몹시 괴로워하는 춘다를 위로했음은 물론입니다. 열반에 드시면서 부처님께서는 슬퍼하는 제자들에게 "나는 한 마디도 하지 않았다. 저마다 자기 자신과 진리를 등불로 삼아 부지런히 정진하라"고 마지막 가르침을 남겼습니다. 84,000 법문을 하시고도 이를 모두 부정하셨고, 자등명 법등명(自燈明 法燈明)이라는 유지를 전하셨습니다. 이 얼마나 아름다운 마무리입니까.

영국의 극작가 버나드 쇼는 묘비명에 "우물쭈물하다가 내 이럴 줄 알았다"고 새겼고, 천상병 시인은 "……아름다운 세상 소풍 끝내는 날/ 가서, 아름다웠다고 말하리라"는 시 「귀천(歸天)」을 유언처럼 남겼습니다. 우리 판소리 가운데 단가인 「사철가」에 이런 대목이 나옵니다. "어화 세상 벗님네야/ 인생이 비록 팔십을 산데도/ 잠든 날과 병든 날과 걱정 근심 다 제하면/ 단 사십도 못살 우리 인생인 줄 짐작허시는 이가 몇몇인고." 정말 공감할 수 있는 가사입니다. 남편이나 아내, 자식들을 위해 돈벌이 나가거나 가사노동을 하는 시간을 제하면 오롯이 자신만을 위한 시간은 얼마 되지 않을 것입니다. 그 소중한 시간을 자기 자신을 들여다보고, 때로는 내가 누울 자리는 어디인지, 내 묘비명은 무엇이 좋은지 생각해볼 일입니다. (통도사 〈보궁〉, 2009년 8월호)

도반(道伴), 험한 세상 다리가 되어

혼자 걷는 길이 훨씬 편하다는 사람들이 적지 않습니다. 피곤하면 쉬고 목마르면 물 마시고, 자신의 뜻대로 행동할 수 있기 때문입니다. 혼자 걸어야 자신만의 시간과 공간을 즐길 수 있습니다. 혼자라야 새소리 물소리를 제대로 들을 수 있고, 방금 스쳐 지나갔던 이름 모르는 꽃들을 되돌아볼 여유를 갖게 됩니다. 이 길 위에서 나 혼자라는 절대적 고독감이 존재의 의미를 되새기게 하고, 사색의 깊이를 더하게 합니다.

하지만 무인도에서 혼자 살 수밖에 없었던 로빈슨 크루소가 아닌 이상 우리는 더불어 살아가야 합니다. 부모 형제 등 가족에서부터 학교 선생님이나 친구, 직장 상사나 동료, 이웃과 말입니다. 길동무와 함께 나선 길은 때론 정겹기도 하지만 때론 불편하기 그지없습니다. 세상을 살아가면서 만나는 여러 사람들 가운데는 미운 사람도 있고 고운 사람도 있기 마련입니다. 미운 사람은 제발 만나지 않기를 바라지만 되레 자주 부딪치게 됩니다. 또 고운 사람과는 헤어지기 싫지만 영원히 함께 있을 수는 없습니다. 불교에서 원증

회고(怨憎會苦)와 애별리고(愛別離苦)를 다섯 가지, 또는 여덟 가지 고통 가운데 포함시킨 까닭을 알 만합니다. 연꽃이 진흙탕 속에서 꽃을 피우듯 우리는 그 고통 속에서도 견뎌내야 합니다. 그게 바로 인생이기 때문입니다.

옛날 중국 춘추시대에 관중과 포숙아라는 사람이 있었습니다. 두 사람이 함께 장사를 하였는데, 번 돈을 나누면서 관중이 포숙아의 갑절이나 가져갔습니다. 관중은 전쟁에 나가 적군을 만나면 후진으로 물러섰고 후퇴할 때는 가장 먼저 달아났습니다. 포숙아는 그런 관중을 원망하지 않았고, 남들이 관중을 비난하면 "관중은 늙은 어머니를 모시고 있으니 목숨을 부지해야 봉양할 수 있다"며 관중의 편을 들어주었습니다. 이에 대해 관중은 "나를 낳아준 사람은 부모님이나 나를 알아주는 사람은 포숙아"라며 탄복하였습니다. 두 사람은 생사를 함께한다는 사생지교(死生之交)를 맺었는데, 세상 사람들은 이를 관포지교(管鮑之交)라 하였습니다.

제나라 양공이 죽자 두 아들이 왕위 다툼을 벌였습니다. 관중과 포숙아는 각각 두 아들을 돕기로 하고 누가 왕이 되더라도 서로를 천거하기로 약속했습니다. 훗날 둘째아들이 권력투쟁에서 승리하여 제환공이 되었고, 그의 편을 들던 포숙아는 관중을 재상에 앉히기를 천거하였습니다. 관중은 양 진영의 전투 당시 활을 쏘아 제환공의 허리띠를 맞히는 바람에 죄수가 된 몸이었습니다. 제환공은 포숙아의 강력한 권유를 받아들여 관중을 용서한 뒤 그를 재상에 임명했습니다. 관중이 이끄는 제나라는 부강해졌고, 제환공은 춘추오패(春秋五覇)의 첫 번째 임금이 되었습니다.

관중과 포숙아의 삶은 신라 화랑들이 지켰던 세속오계 가운데 교우이신(交友以信), 바로 그것이었습니다. 포숙아가 늘 양보하고 희생하면서도 관중을 배려했던 것은, 친구의 사람됨을 알아보았기 때문입니다. 초발심자경문에 "무릇 처음 발심한 사람은 반드시 악한 벗을 멀리하고 어질고 착한 이를 가까이해야 한다(夫初心之人 須遠離惡友 親近賢善)"라는 구절이 나옵니다. 어질고 착한 이를 가까이하려면 어떻게 해야 할까요. 내가 먼저 어질고 착해져야 어질고 착한 벗이 내 곁으로 오는 것 아닐까요. 자신의 이익만 추구한다면 어질고 착한 벗은 얻을 수 없는 일입니다.

신라시대의 원효스님과 의상스님도 진리의 길을 함께 걸었습니다. 나이로는 원효스님이 여덟 살 연상이었고, 신분으로는 진골인 의상스님이 육두품으로 추정되는 원효스님보다 높았습니다. 당나라 유학길에 함께 나섰다가 원효스님은 무덤 속에서 깨달음을 얻어 돌아왔고, 의상스님은 다시 유학길에 올라 중국 지엄화상의 제자가 되었습니다. 원효스님이 중생구제를 위한 불교 대중화에 전력을 기울였다면 의상스님은 화엄일승법계도를 창안하는 등 화엄학에 몰두하였습니다. 그러나 두 분은 다른 길을 가면서도 서로를 배척하지 않고 화엄학에 대한 활발한 토론을 벌이는 등 나라와 불교 발전을 위해 지혜를 공유하였습니다.

지난달 김대중 전 대통령이 작고하기 며칠 전 김영삼 전 대통령이 병실을 찾았습니다. DJ의 병세가 위중했던 터라 YS는 직접 만나지는 못하고 부인 이희호 여사를 위로했습니다. 기자들이 "(두 사람이) 화해를 했다고 보아도 되느냐"라고 묻자, YS는 "그렇다"고 답했습니다. YS는 또 "우리는 6대 국회부터 오랜 동지적 관계로 있었지만 경쟁관계에 있었다. 그래서 애증이 교차하는 것"이라고 덧붙였습니다. 동지이면서 경쟁자였던 두 분은 20여 년 동안 반목을 거듭하다가, 팔순을 넘겨서야 화해하였습니다. 김대중 전 대통령을 저세상으로 보내면서 도반(道伴)의 소중함을 가슴에 새겨봅니다. 우리는 서로가 험한 세상을 건네주는 다리가 되어야 합니다. (통도사 〈보궁〉, 2009년 9월호)

우리 모두는
동업중생(同業衆生)입니다

    지난 9월 6일 북한이 황강댐 물을 갑자기 방류하는 바람에 임진강변에서 피서객 6명이 참변을 당했습니다. 북한 측은 댐이 만수위에 달해 어쩔 수 없이 방류했다고 해명했지만 사실 여부는 정확히 밝혀지지 않았습니다. 북한의 주장이 사실이라고 하더라도 남측에 미리 통보를 해주었더라면 애꿎은 피해자가 발생하지 않았을 텐데 말입니다. 남과 북이 철조망으로 가로막혀 인적 물적 교류가 무척 제한적입니다. 그렇지만 임진강물은 북에서 남으로 흘러옵니다. 몇 년 전에는 산불이 비무장지대를 건너 남과 북으로 번져간 경우도 있었습니다. 체제와 사상이 다른 북한이 지구 저쪽 반대편에 있는 것처럼 멀게 느껴졌지만, 사실은 바로 우리 이웃에 존재한다는 것을 절감하게 되었습니다.

    10년도 훨씬 더 지난 일입니다만, 낙동강에 페놀인가 하는 오염물질이 발견되는 바람에 전국이 떠들썩했던 적이 있습니다. 낙동강 상류의 공업지역에서 인체에 해로운 물질이 포함된 폐수를 강으로 흘려보내는 바람에, 낙동강 물을 식수로 사용하는 부산 경남 사람들은 야단이 났던 것입니다. 그 이후로도 대구와 경북 지역은 낙동강변에 공단을 세워 경제를 살려야 한다고 주장하고, 부산 경남 사람들은 식수원이 오염된다며 결사반대를 해왔습니다. 같은 영남사람들이라도 강의 이쪽과 저쪽에서 서로 다른 생각을 했던 것입니다.

KBS TV의 환경스페셜 프로그램에 〈국경 없는 침입자, 바다쓰레기〉가 방영된 적이 있습니다. 중국이나 말레이시아, 베트남에서 버린 쓰레기가 우리나라의 서·남해안을, 우리가 버린 쓰레기가 일본 대마도 해변을 뒤덮고 있는 모습이 생생하게 나왔습니다. 뿐만 아닙니다. 일본에서 버린 쓰레기는 미국령인 북태평양의 미드웨이 섬으로 떠내려갔습니다. 북태평양 해역에는 한국, 중국, 일본 등에서 버린 쓰레기더미가 미국 텍사스의 세 배가 넘는 면적으로 모여 있습니다. 물고기들이 플라스틱 조각이나 스티로폼 같은 이물질을 플랑크톤인 줄 착각하고 먹는다고 합니다. 이럴 경우 물고기의 생명을 위협할 뿐만 아니라 이 생선을 먹은 인간의 생명도 위협하게 됩니다. 이 프로그램은 바다쓰레기가 인류의 생명을 위협하는 대재앙이 될 수 있다고 경고하였습니다.

그렇습니다. 우리는 서로가 미우나 고우나 어쩔 수 없이 동업중생입니다. 이 세계는 유기적으로 연결되어 있어 모두가 같은 업(業)을 짊어지고 살아가야 합니다. 인간이든 미물(微物)이든 인드라망, 즉 촘촘한 생명그물로 연결된 공동체의 일원입니다. 경북 지역에서 무심코 내보낸 폐수 때문에 부산 경남의 산모가 유산을 해야 하고, 북에서 갑자기 흘려보낸 물 때문에 남쪽의 무고한 피서객들이 참변을 당하는 이치와 같습니다. 내가 버린 바다쓰레기 때문에 북태평양의 물고기가 죽고, 오염된 물고기를 먹은 내 생명도 위협받게 됩니다.

이 세상엔 연기(緣起) 아닌 게 없습니다. 부처님도 "이 세상은 신의 뜻도 아니고 운명적인 것도 아니며, 오로지 연기"라고 말씀하셨습니다. "이것이 있으므로 저것이 있고(此有故彼有) 이것이 생기므로 저것도 생기고(此生故彼生) 이것이 없으므로 저것도 없고(此無故彼無) 이것이 사라지므로 저것도 사라진다(此滅故彼滅)"는 이치입니다.

멕시코에서 시작된 신종플루가 미국을 거쳐 전 세계로 확산되고 있습니다. 의료 시스템이 잘 갖춰진 미국에서만 200명 이상이 숨지는 등 전 세계의 사망자 수가 이미 4,000명을 넘어섰습니다. 아프리카 같은 가난한 나라에 신종플루가 번질 경우 수백만 명이 희생될 거라는 전망도 나옵니다. 우리나라도 역시 예외는 아니어서 사망자가 발생하였습니다. 태평양 건너 먼 나라에서 발생했던 전염병이 인적 물적 교류가 활발해짐에 따라 우리나라에도 금세 옮겨왔습니다. 이 때문에 강 건너 불구경한다는 말은 바뀌어야 합니다. 머나먼 나라에서 발생한 재앙이 머지않아 우리의 삶에 영향을 미치는 세상입니다. 우리 모두가 동업중생임을 실감하지 않을 수 없습니다. 바다 건너에서 발생한 불행에 대해 함께 마음 아파하

며 그들을 도와야만 합니다. 동업중생이므로 동체대비(同體大悲)
해야 하는 게 이 시대의 실천덕목입니다. 가족이나 이웃을 위해서
라도 건강하셔야 합니다. (통도사 〈보궁〉, 2009년 10월호)

정말 중요한 것은
눈에 보이지 않는다

영화 이야기를 조금 해보겠습니다. 노벨문학상을 받은 주제 사마라구의 원작소설을 페르난도 메이렐레스 감독이 영화화한 〈눈먼 자들의 도시(Blindness)〉에 대해서입니다. 이 영화는 이름(實名)이 없는 도시에서, 이름도 알 수 없는 사람들이, 어느 날 갑자기 실명(失明)하게 되는 데서 시작됩니다. 차를 몰던 한 일본인 남성의 눈이 멀게 되고, 그를 도와준다면서 차를 훔친 남성이, 또 그를 치료해준 안과의사가 차례로 실명하게 됩니다.

마치 전염병이 퍼져나가듯 눈먼 사람들이 늘어나지만, 원인은 규명되지 않습니다. 이 도시의 행정가들은 눈먼 사람들을 수용소에 가둬 강제로 격리시킵니다. 생필품이 제대로 공급되지 않는 수용소는 아비규환 상태로 바뀝니다. 힘센 자들이 노약자의 음식을 강탈하는 등 사람들은 극도의 이기주의자, 즉 야수(野獸)로 돌변합니다. 이 가운데 눈이 멀지 않은 오직 한 사람, 안과의사의 아내는 약자들을 극진히 보살핍니다. 그러다 그들은 수용소를 탈출하게 되고, 약탈과 폭력이 난무하는 거리를 벗어나 한 보금자리에서 집단생활을 하게 됩니다. 어느 날 처음으로 눈이 멀었던 일본인 남성부터 한 사람씩 차례로 시력을 되찾게 됩니다.

보지 못한다는 것은 타인에 대한 극단적인 무관심의 상징입니다. 아상(我相), 인상(人相), 중생상(衆生相), 수자상(壽者相)에 사로잡힌 나머지 남을 무시하고 배려하지 못한다는 뜻입니다. 혼자만이 볼 수 있었던 안과의사의 아내는 영화에서 "가장 두려운 것은 오직 나만 볼 수 있다는 사실이다"라고 고백합니다. 왜 그녀만이 눈이 멀지 않고 볼 수 있었을까요. 타인에 대한 배려와 인간애, 그리고 지옥과 같은 무법천지를 헤쳐 나갈 수 있는 지혜와 용기를 갖췄기 때문이라고 생각합니다. 우리는 두 눈을 부릅뜨고 살아가지만, 정작 꼭 봐야 할 것은 못 보고 지나치기 일쑤입니다. 권력이나 재물, 명예를 차지하려는 욕심에 사로잡혀 있기 때문입니다. 생텍쥐베리의 소설 『어린 왕자』에서도 이 같은 교훈을 배울 수 있습니다. 여우가 어린 왕자와 헤어지기 전 세상에서 가장 위대한 비밀을 가르쳐주겠다는 장면에서 말입니다. "아주 간단해. 마음으로 봐야만 보인다는 거야. 정말 중요한 건 눈에 보이지 않아"라고 여우는 알려줍니다.

지난 부산국제영화제 기간에 시각장애인들이 영화를 관람하였습니다. 얼핏 이해하기 힘든 일이기도 하지만, 한쪽 귀로는 이어폰으로 화면 해설을 듣고 한쪽 귀로는 영화 속의 음향을 들어 영화 장면을 머릿속으로 상상하는 방식입니다. 화면 해설자가 영화를 보면서 '주인공이 거울을 쳐다본다'거나 '책상에 앉아 책을 펼친다' 라며 중계방송을 한 셈입니다. 일반인들처럼 보고 들으며 영화를 100% 즐길 수는 없지만, 70~80%까지는 이해했으리라 여겨집니다. 비록 볼 수는 없어도 상상력이 더해지면 비시각장애인보다 즐거움이 더할 수 있다고 생각합니다. 어느 음식점에서 下馬聞香(하마문향)이라는 글씨를 본 적 있습니다. 맛있는 냄새를 맡고는 말에서 내려 식당을 찾는다는 의미입니다. 그런데 '냄새를 맡다'는 표현을 왜 '냄새를 듣다' 라고 했을까요. 정말 맛있는 음식이라면 귀로도 알아차릴 수 있다는 극단적인 표현인 듯합니다. 맛있게 요리된 음식을 바라만 보아도 입 안에 군침이 도는 것과 같은 이치입니다.

금강경에 나오는 혜안(慧眼), 법안(法眼), 불안(佛眼)이라는 말도 결국 마음의 눈, 지혜의 눈, 진리의 눈을 강조한 것이라고 생각합니다. 행복하다거나 불행하다거나 모두 몸의 눈으로 보는 것이 아니라 마음의 눈으로 느끼는 것입니다. 평안함, 즐거움, 사랑, 자비, 효도, 관용과 배려 같은 것들도 모두 마찬가지입니다. 숫자놀음으로는 결코 가치를 느낄 수 없는 일입니다. 결국 마음의 밭을 얼마나 열심히 가꾸느냐에 달려 있습니다.

사람마다 한 권의 경전이 있는데
그것은 종이나 활자로 된 것이 아니네
펼쳐보아도 한 글자도 없는데
언젠나 환한 빛을 발하네

(我有一卷經/不因紙墨成/展開無一字/常放大光明)

　보이지도 들리지도 맛볼 수도 없는 그곳에 존재의 실상이 있고, 참다운 가치가 있다는 의미가 아니겠습니다. 눈앞에 보이는 허상 (虛像)에 너무 휘둘러서는 곤란합니다. 그 푸르던 나무들도 잎사 귀들을 하나둘 떨어뜨리고 벌거숭이로 돌아가는 계절입니다. 나 목(裸木)에게서 제행무상(諸行無常)의 가르침을 배웁니다. (통도사 〈보궁〉, 2009년 11월호)

도둑놈과 도둑님

머나먼 길을 다녀왔습니다. 밀양과 여수를 하루 또는 이틀씩, 그리고 멀리 뉴질랜드를 12박 13일 동안 둘러보았습니다. 그것도 모자라 제주도에서 하룻밤을 지내기도 했습니다.

세상살이가 힘겨운 요즈음, 당신은 무슨 복이 많아 유람을 다녔느냐고 나무라시겠지요. 그렇습니다. 제게 갑자기 홍복(洪福)이 쏟아졌나 봅니다. 시절 인연 때문인지 직장생활 30년 만에 처음으로 한 달 휴가를 얻을 수 있었고, 연초에 시집보낸 딸을 만난다는 구실로 비행기를 타고 열두 시간이나 걸리는 지구 반대편 뉴질랜드까지 다녀오게 되었습니다.

여행은 늘 설렘과 함께 두려움을 동반합니다. 낯선 풍경과 낯선 사람들 그리고 낯선 문물(文物)을 만난다는 것은 몸과 마음에 새로운 활력소를 불어넣게 됩니다. 마치 초등학교 시절 소풍이나 수학여행을 앞두고 호기심으로 가득 찬 가슴이 두근거리듯이 말입니다. 설렘의 또 다른 표현은 두려움입니다. 동전의 앞뒤와 마찬가지입니다. 말이 통하지 않고 음식이 다르고 전통과 문화가 낯선 세상에서 실수라도 하지 않을까 하는 걱정이 없지는 않았습니다. 우리는 늘 새로운 세상을 추구하면서도 익숙한 것들과는 헤어지기를 두려워해오지 않았습니까.

뉴질랜드는 국토 면적이 남한의 세 배나 되면서 인구는 10분의 1에도 미치지 않습니다. 인구에 비해 땅이 넓다고 반드시 아름답고 평화로운 나라는 아닙니다. 하지만 저는 때 묻지 않은 뉴질랜드의 대자연에 그만 기가 죽어버렸습니다. 끝없이 이어지는 대평원에서 소나 양떼가 풀을 뜯고 있는 모습은 영화의 한 장면처럼 목가적이었습니다. 뉴질랜드 남섬에는 해발 2,000미터가 넘는 봉우리가 140개, 3,000미터가 넘는 봉우리가 18개나 이어지는 고산준봉이 자리 잡고 있었습니다. 오죽했으면 유럽의 알프스에 비유해 이 산맥을 남알프스라고 부르는지 이해할 만했습니다. 해발 3,754미터 최고봉인 마운틴 쿡에 들어설 때 저는 대자연의 경이에 놀란 나머지 저절로 고개 숙여 합장 삼배하였습니다. 설산(雪山)에서 내려온 빙하가 녹은 물이 호수로 흘러들어가 에메랄드, 혹은 그린블루 빛의 호수를 형성하였습니다. 실개천이든 강이든 물이 맑기로는 시골 마을이나 도심이나 마찬가지였습니다.

인구 140만인 제1의 도시 오클랜드에서도 고층건물이나 우리네 방식의 아파트는 찾아보기 어려웠습니다. 고작해야 2층, 대부분은 단층 주택이었습니다. 집은 낮고 아담해도 아름드리 나무가 울창하고 온갖 꽃들이 만개한 정원을 갖추었습니다. 고속도로를 달리다 보면 주택은 얼핏 보이지 않고 숲만 눈에 들어올 지경이었습니다.

그곳에 사는 사람들도 여유로웠습니다. 운전을 하다가도 야생 동물이 지나가면 멈춘다고 합니다. 도심 한복판에서 보행자가 횡단을 하면 차량은 신호에 관계없이 모두 기다려줍니다. 신호등이 없는 교차로는 〈give way〉 표지판이 세워져 반드시 오른편 차량이 우선 주행을 하고 왼편 차량은 기다려줍니다. 아무리 바빠도 참고 기다리고 양보하는 습관이 몸에 밴 듯합니다. 물질이 풍요롭고 바쁜 일이 없어서 여유로워진 것은 아닐 테지요. 사소한 일에서부터 질서를 지키고 공동체를 유지 보호하려는 문화적 전통이 부럽기만 했습니다.

그들의 문화적 다양성 또한 놀라웠습니다. 뉴질랜드에는 본디 남태평양 원주민인 마오리족이 살고 있었습니다. 1840년 영국인들이 마오리족으로부터 이 땅을 사들여 뉴질랜드라는 나라를 세웠는데, 영국인들은 새로운 영국을 건설하면서도 마오리의 전통과 문화를 수용하였습니다. 마오리 사람들도 어엿한 뉴질랜드 국민으로 생활하였으며, 수많은 지명이 마오리 언어로 불렸습니다. 마오리 민속촌이나 와이토모 동굴 등 여러 관광명소는 마오리족 사람들의 생활터전이었습니다. 한국, 중국, 인도, 스리랑카 등 여러 아시아계 사람들이 백인들과 스스럼없이 어울리고, 아시아계의 음식들도 백인 주류사회에서 받아들여졌습니다.

타이완 사찰 불광사가 제2도시인 남섬의 크라이스트처치에 남도(南島) 불광사를, 북섬 오클랜드에는 북도(北島) 불광사를 세웠습니다. 제가 북도 불광사를 찾던 날, 이 사찰에서 큰 법회가 열렸는데 어림잡아 참석자의 3분의 1 이상이 백인들이었습니다. 올해 부처님 오신 날에는 존 키 뉴질랜드 총리와 주요 정당의 당수, 그리고 오클랜드 시장도 동참하였다고 하니 참으로 부러웠습니다.

그런데 말입니다, 어느 일요일 사돈의 초대를 받아 오클랜드의 랜드마크 역할을 한다는 스카이시티 전망대에서 그럴싸한 점심식사를 하고 딸네 집에 돌아갔더니, 출입문 유리가 깨져 있고 집안이 엉망진창이었습니다. 도둑이 다녀간 것입니다. 도둑은 시아버지로부터 받은 딸아이의 결혼 목걸이와 제 아내의 화장품 가방 등을 털어 갔습니다.

아뿔사, 지상천국이라고 여겨졌던 이곳에도 도둑이 있다니. 그러고 보니 한인신문에서 아시아인들의 집에 빈집털이가 자주 발생한다는 보도를 읽은 기억이 났습니다. 농장 속의 자그마한 집인 딸아이 집이 처음엔 아주 아름다운 전원주택이라고 생각했으나, 이젠 방범이 허술하기 짝이 없는 치안 사각지대라고 여겨져 불안해졌습니다. 실업률이 6%를 넘어서 젊은이들이 일자리를 못 구해 방황한다는 기사도 떠올랐습니다. 아, 이곳도 사람 사는 세상이구나. 자연이 아무리 아름다워도 중생의 삶에는 어차피 고통이 없을 수 없는 것 아니겠는가, 라고 스스로를 달랬습니다.

여행 마지막 날, 낯선 땅에서 우리 절을 찾았습니다. 대한불교 조계종 남국정사였습니다. 주지스님께서는 한국에 다니러 가셨다고 한 거사님께서 알려주었습니다. 아무도 없는 법당에서 아내와 함께 삼배를 올리고 예불문, 천수경 독경을 한 뒤 아내는 108배를,

저는 광명진언 108독송을 올렸습니다. "원공법계 제중생 자타일시 성불도." 예불문 마지막 구절을 읊을 때는 그만 눈시울이 뜨거워졌습니다. 그날 그 도둑놈은 제 딸아이에게 세상살이의 어려움을 가르쳐주었고, 저에게도 뉴질랜드에 대한 환상에서 벗어나라고 깨우쳐준 스승이라는 생각이 문득 들었습니다. 제 딸아이 부부만 행복할 수는 없는 일, 도둑놈이 아닌 도둑님께서도 고통 바다 벗어나기를 기원했습니다.

부처님 가르침은 머나먼 이국에서도 여여(如如)하였습니다. 뉴질랜드의 아름다운 풍광에 잠시 황홀해졌지만, 사람이 살아가는 이치는 마찬가지였습니다. 진리는 바깥에서 찾을 일이 아니라는 점을 다시 한 번 절감하였습니다. (통도사 〈보궁〉, 2009년 12월)

잿더미로 변한
부처님 도량

2005년 3월 초순, 여수 시내에서 제법 소문난 한정식 집에서 호사(?)를 부린 뒤 돌산대교를 건넜습니다. 사방이 모두 캄캄해져 돌산대교 주변의 풍광을 즐길 수는 없었습니다. 다만 돌산대교의 야간 조명 장식은 오래도록 기억에 남았습니다. 지금은 부산 광안대교가 야간 조명의 아름다움만으로도 관광객을 불러 모으고 있지만, 당시로서는 여수 시내와 돌산도를 잇는 이 다리의 장식도 일품이었습니다. 그날 밤 제 일행이 타고 간 승용차는 가스 차량이었습니다. 연료가 남은 상태를 가리키는 바늘이 거의 바닥으로 내려가고 있었는데, 시골길 주변을 아무리 둘러봐도 가스 충전소가 보이지 않았습니다. 이튿날 여수로 다시 돌아갈 때도 마찬가지였습니다만, 그날 밤은 승용차가 도로 한복판에 갑자기 멈춰 설까봐 얼마나 가슴을 졸였던지 오래오래 잊을 수 없었습니다.

숙소에서 하루 저녁을 묵은 뒤 다음날 우리가 갔던 곳은 해를 향해 세워진 암자, 향일암(向日庵)이었습니다. 그리 높지도, 그렇다고 낮지도 않은 산기슭에 자그마하면서도 예쁜 절집이 자리 잡고 있었습니다. 높다란 바위 절벽 위에 어쩌면 이렇게 아름다운 건축물을 세울 수 있었는지 불사(佛事)를 하신 대중들의 원력(願力)과 노고를 짐작할 만했습니다. 바다를 향해 돌아서니 일망무제(一望無際)였습니다. 어디가 이 세상의 끝인지 가늠하기 어려울 정도로 햇빛이 일렁이는 바닷물이 이어졌습니다. 한려수도 맑은 물에 첨벙 뛰어들면 관세음보살님께서 상주하신다는 보타락가산과 아미타부처님이 계시는 서방정토까지 이어질 것만 같았습니다. 저 맑디맑고 곱디고운 바다와 햇빛 속에서 세상사의 티끌이 남아 있을 리 없겠지요. 그러니 향일암은 낙산사 홍련암과 강화도 보문사, 남해 보리암 등과 함께 관음기도 성지로 손꼽히는 것 아니겠습니까.

그런데 그 향일암에 불이 났습니다. 대웅전과 종각, 종무소가 모두 불에 타버렸습니다. 방화가 아니냐는 얘기도 들립니다. 경찰이 수사를 하고 있으니 화재 원인이 밝혀지겠지요. 사찰 관리가 너무 허술했다는 지적도 나왔습니다. 폐쇄회로 TV(CCTV)가 1대도 없었고, 스프링클러나 화재감지기, 옥외 소화전도 갖춰져 있지 않았다고 합니다. 향일암은 워낙 유명한 기도처여서 많은 사람들이 24시간 드나드는 곳입니다. 그런데도 순찰자 한 사람이 야간근무를 맡고 있었다고 합니다. 향일암에 불이 났다는 소식에 인근 주민들이 크게 낙심했다는 소식도 들립니다. 향일암에서 새해 해맞이를 하려던 전국의 관광객들이 발길을 돌릴까봐 걱정이겠지요. 관광산업에 종사하는 주민들로서는 해맞이 행사가 1년 농사와 마찬가지였을 테니까요.

박준영 시인의 시 「향일암 부처」는 돌산도 갓김치마냥 아주 맛깔스럽습니다. "향일암 부처/ 매일 아침 햇살로 세수하신다// 향일암 보살/ 매일 저녁 파도소리로 먹 감는다// 향일암 불청객/ 오늘 밤 별과 같이 잠자리한다." 대웅전이 전소됐으니 매일 아침 세수하시던 부처님 모습도 뵙기 어렵게 됐고, 파도소리로 먹을 감던 보살님도 찾기 어렵게 되었습니다. 어쩌다 이리 되었는지 안타깝습니다. 스님들의 수행처요, 불자들의 기도처이고 의지처였으며, 인근 주민들의 복전(福田)이었을 향일암이 말입니다.

　　비단 향일암만이 아닙니다. 부처님을 모신 성보(聖寶)이며 문화유산인 전통사찰이 화마에 휩싸인 적이 한두 번이 아니었습니다. 2005년 4월, 강원도 영동지방을 휩쓴 산불에 양양 낙산사가 불타버렸습니다. 며칠 동안 계속된 산불을 진화하지 못하다니 나라꼴이 무엇입니까. 그것도 식목일에 말입니다. 한 달쯤 뒤 저는 양산의 어느 사찰 신도님들 모임에 합류하여 불타버린 낙산사의 처참한 모습을 목격하게 되었습니다. 낙산사의 심장이라고 할 수 있는 원통보전과 종루가 불탔고, 보물로 지정된 동종(銅鐘)이 녹아내렸습니다. 구리로 만든 종이 녹아내렸을 정도면 산불의 위력을 짐작할 수 있을 것입니다. 낙산사는 정부와 강원도, 그리고 불자님들, 나아가 천주교, 원불교, 기독교 등 이웃 종교들의 도움으로 4년여 만에 복원되었습니다. 그것도 조선 후기 김홍도 화백의 그림 〈낙산사도〉를 바탕으로, 낙산사가 가장 번성했을 조선 세조 때의 모습으로 다시 살아났습니다.

강원도 원주 치악산 입구에 자리 잡고 있던 구룡사 대웅전, 전북 김제 금산사 대적광전, 전남 화순의 쌍봉사 대웅전도 화마에 빼앗겨버린 성보 문화재였습니다. 화재의 원인이야 다양하겠지만, 민족의 문화유산인 전통사찰이 사라졌다는 것은 정말 안타까운 일입니다. 조상님들이 물려주신 문화재를 지키지 못한 일은 후손들인 국민 모두의 수치이며, 부처님 도량을 수호하지 못한 것은 불자 모두가 부끄러워해야 할 일입니다. 문화재를 담당하거나 소방업무를 맡고 있는 행정 당국이 마땅히 해야 할 바는 당당하게 요청해야 합니다. 그리고 불자들이 나서서 지켜야 할 바는 불 속에 뛰어들더라도 지켜야 합니다.

부처님 도량을 수호하지 못한 죄, 무릎 꿇고 참회합니다. 참으로 부끄럽고 부끄럽습니다. 산불에 휩싸였던 낙산사를 불자들이, 그리고 온 국민들이 나서서 되살렸듯이, 향일암도 이대로 버려둘 순 없습니다. 다시는, 다시는 이런 일이 없도록 불자들이 기도하고 기도하고, 참회하고 참회해야 합니다. (통도사 〈보궁〉, 2010년 1월호)

키아오라, 따시델레, 나마스테

새 학년 초 학급 담임을 맡은 선생님이 자기 반 학생들의 이름과 얼굴을 며칠 만에 모두 외우고 기억할 수 있을까요. 게다가 학생들의 출신지와 거주지까지 포함해서 말입니다.

뉴질랜드의 유명 관광지 로토루아에서 뜻밖의 경험을 하였습니다. 원주민 마을인 마오리 민속촌으로 가는 관광버스에서 운전기사가 마치 출석을 부르듯 승객들의 이름을 차례로 불렀습니다. 입장권을 구입하지 않은 관광객이 있는지, 혹시 탑승하지 않은 사람이 있는지 확인하기 위해서였겠지요. 마오리족인 그 기사는 '키아오라(Kia ora)' 라는 마오리 인사말과 서로 코를 비벼대는 전통 인사법을 가르쳐주면서 온갖 너스레를 떨었습니다. '참 별난 사람다 있구나' 라고 생각했지만, 그건 시작에 불과했습니다.

3시간가량의 관광을 마치고 돌아가는 버스에 올라타자 그 기사는 또다시 출석을 불러댔습니다. 그런데 이번에는 명단을 보고 호명을 하는 것이 아니라 30여 명이나 되는 승객들의 얼굴을 보고 일일이 이름을 기억해 탑승 여부를 확인하는 것이 아니겠습니까. 그는 가파른 비탈길을 이리 돌고 저리 돌아 운전하면서 끊임없이 얘기 보따리를 풀어냈습니다. 억양이 거세면서도 속사포처럼 퍼붓는 그의 말을 알아들을 수 없었지만, 영어권 나라에서 온 대부분의 승객들은 폭소를 터뜨렸습니다.

뉴질랜드 민요인지 뭔지 무슨 노래를 한 곡 먼저 부른 그 기사는 승객들에게 차례로 노래를 시켰습니다. 지명당한 승객은 자기 나라의 민요나 동요, 또는 유명 가요를 한 곡씩 불러 화답하였습니다. 아니나 다를까, 드디어 "코리아, 미스터 박" 하면서 필자를 지명하는 게 아닙니까. 무슨 노래를 부를까 고민하는 순간, 그가 먼저 노래를 불렀습니다. 다소 서툴기는 했으나 또렷한 한국말로 '아리랑'을 부르고는 내 차례를 넘겨버렸습니다. 이렇게 고마울 수가!

그는 승객이 어느 나라 어느 도시에서 왔는지 모두 꿰뚫고 있었으며, 일일이 숙소를 기억해 현관까지 버스로 데려다주었습니다. 게다가 남녀노소를 불문하고 코를 비벼대는 전통 인사를 하면서 승객을 환송하였습니다. 얼굴이 거무튀튀하고 체구가 아주 건장해 그야말로 '인디언'처럼 보였던 그 기사가 어느새 마음씨 좋은 시골 아저씨처럼 푸근하게 느껴졌습니다.

그날 버스 승객들은 그 기사 때문에 '키아오라'를 수십 번 외쳐야 했습니다. 나중에 겪고 보니 마오리 민속촌에서 원주민이 방문객을 환영하는 의식을 치르는데, 주객(主客)이 함께 '키아오라'라고 소리치는 대목이 있었습니다. 그러니까 그 기사는 관광객들에게 예행연습을 시켰던 셈입니다. '키아오라'는 '마음속 깊은 곳으

로부터 당신을 환영합니다' 라는 뜻이라고 합니다. 마음속 깊이,
그것도 진심으로 환영한다니 고마운 일이 아니겠습니까.

　TV 여행 프로그램에서 본 일입니다만, 중국 윈난성 서북부에
'샹그릴라' 라고 불리는 마을이 있습니다. 샹그릴라는 '내 마음속
의 해와 달' 이라는 뜻입니다. 영국의 작가 제임스 힐튼이 『잃어버
린 지평선』이라는 소설에서 이곳을 유토피아, 즉 이상향이라고 소
개했습니다. 이 마을 인근의 산기슭에는 "온 우주에 가득 찬 지혜
와 자비가 지상의 모든 존재에게 그대로 실현되어지이다" 라고 큰
글씨로 적혀 있었습니다. 우리 불자들이 자주 암송하는 '옴 마니
반메 훔' 이 바로 그것이었습니다.

　한국인 방문객을 맞아 마을 사람들은 술을 권하며 노래를 하였
습니다. "주인이 권하는 술을 거부하지 마시고 손님은 부디 즐겁
게 지내십시오" 라는 노래였습니다. 샹그릴라 사람들은 '따시델
레' 라고 인사합니다. 우리말로 굳이 옮기자면 '행복하십시오' 라
고 할까요. 샹그릴라 사람들도 한국인 방문객이 부른 '아리랑' 곡
조를 금세 배워 함께 불렀습니다. 그들은 해발 3,000미터가 넘는
설산 지역에 살다 보니 모두들 얼굴이 검게 타버렸습니다. 하지만
멀리서 온 손님을 진심으로 반기는 그 마음만큼은 얼굴과 몸짓에
그대로 넘쳐났습니다.

　네팔과 인도 북부 지역의 인사말은 '나마스테' 라고 합니다. 인
도 성지 순례를 다녀오신 분들이나 히말라야를 여행하신 분들을
통해 이 인사말은 우리나라에도 많이 알려졌지요. '나마스테' 는

'내 안의 신이 당신 안의 신에게 경배드립니다' 라는 의미라고 합니다. 쉽게 줄여 말하면 '당신께 귀의합니다' 라는 뜻이겠지요. 이얼마나 지극하고 경건한 인사입니까. 육체적으로 힘든 일에 종사하고 물질적으로 가난하더라도 그들의 영혼은 순수하기 때문일까요. 그동안 우리는 해도 그만, 안 해도 그만인 겉치레 인사를 얼마나 하였던가요. 부처님께서는 재물이 없어도 할 수 있는 보시 일곱가지, 무재칠시(無財七施)를 말씀하셨습니다. 그 가운데서도 웃는얼굴, 부드러운 말 한 마디가 우선입니다. 화안애어(和顏愛語)는예전에 석주 큰스님께서도 자주 글씨로 남겼던 구절입니다. (통도사 〈보궁〉, 2010년 2월호)

꽃 한 송이에서 느끼는
우주의 숨결

휴일이면 가끔 이웃 아파트로 산책을 나갑니다. 그 아파트는 지은 지 오래됐지만 건물과 건물 사이에 공간이 많고 숲이 우거져 요즘 지어진 아파트와는 달리 참 넉넉합니다. 봄이면 벚꽃이 흐드러지게 피고, 가을에는 은행나무 단풍이 너무 곱습니다. 부산 시내 높은 산봉우리에 잔설이 아직 남아 있던 2월 어느 날 그 아파트를 찾아갔습니다. 매화꽃이 피었는지 불현듯 궁금해졌고, 그 향기를 맡고 싶어서였습니다. 그곳에는 매화나무가 10여 그루 있는데, 서너 그루는 홍매화, 나머지는 흰매화입니다. 마음을 졸여가며 매화나무 곁으로 살금살금 다가갔습니다. 홍매화는 저를 실망시키지 않으려는 듯 탐스럽게 피어 있었으나, 흰매화는 꽃망울만 맺혀 있었습니다. 열흘이나 보름쯤 뒤에는 활짝 피게 될 매화꽃을 머릿속에 그려보며 그 향기를 미리 맡아보았습니다.

매화는 함부로 번성하지 않는 희소함 때문에 고목(古木)이 아름답기 때문에 옛 선비들이 귀하게 여겼다고 합니다. 게다가 살찌지 않고 마른 모습에 꽃봉오리가 벌어지지 않고 오므라져 있는 자태 때문에 사랑받았답니다. 강희안의 『양화소록』에 나오는 얘기입니다. 매화는 무엇보다도 겨울의 추위를 이겨내는 기상과 화려하지 않으면서도 단아한 기품 때문에 선비들의 귀여움을 독차지했던 게 아닐까요. 매화 꽃잎을 따서 뜨거운 물로 우려내면 향기가 참으로 그윽한 차가 됩니다. 몇 해 전 귀농한 도반(道伴)의 농장에서 매화 꽃잎을 따내다가 꾸지람을 들었던 기억이 납니다. 꽃이 진 그 자리에 열매가, 즉 매실이 맺히는데 그걸 모르고 마구 따냈으니 농사짓던 도반이 얼마나 속이 상했겠습니까.

매화가 피고 나서 얼마 지나지 않으면 제가 사는 아파트 한 켠의 어린이집 입구에 서 있는 산수유나무에 꽃이 핍니다. 산수유 꽃은 마치 샛노란 우산이 뭉쳐져 있는 모양새입니다. 어린아이 손톱보다도 작은 산수유 꽃은 실제로는 수십 송이의 작은 꽃들이 모여 있는 꽃차례라고 합니다. 겨울철에도 산수유 가지 끝을 유심히 관찰해보면 작은 눈을 발견하게 됩니다. 이 눈 속에는 내년 봄에 피어날 수십 개의 꽃들이 포개져 자리 잡고 있다고 합니다. 모든 생명이 활동할 수 없다고 여겨지는 한겨울에 이 나무는 내년 봄을 미리 준비하며 새로운 생명을 잉태하고 있는 셈입니다. 산수유는 가을에 빨간 열매를 맺습니다. 이 열매는 매실과 마찬가지로 인체에 이로우며 한약재로도 많이 사용됩니다. 한겨울의 추위를 이겨내 노오란 꽃을 피워 봄의 전령사(傳令使) 역할을 하고, 한여름 더위와 비바람을 견뎌내 빠알간 열매를 맺는 그 '내공(內功)' 덕분일 것입니다.

봄을 맞는 마음은 설렘 그 자체입니다. 때로는 봄을 시샘하는 꽃 샘추위가 기승을 부리지만 봄으로 가는 길목은 하루하루가 다릅니다. 매화, 산수유, 다음에는 개나리, 목련, 벚꽃, 진달래 등이 잇따라 핍니다. 계절이 3월 하순에서 4월 초순에 이르면 여기저기에 꽃대궐이 차려집니다. 다음은 무슨 꽃이 피어날지, 또 그 다음은…… 하고 기다려보면, 봄은 참으로 세상 사는 맛이 나는 절기입니다. 그러다가 꽃이 지고 나면 새싹이 돋고 머지않아 신록의 계절로 접어듭니다. 꽃은 무슨 재주가 있기에 계절의 변화를 알아차리고 때가 되면 차례로 피어나는지 신기합니다.

과학적으로 풀어본다면 식물도 생명체이므로 꽃은 생식기능을 담당합니다. 꽃은 번식을 하기 위해 더 아름다워지려 하고 더 향기로워지려 합니다. 꽃이 피려면 개화 호르몬이 분비되어야 하는데, 이는 온도와 일조량에 달려 있습니다. 특히 식물에 따라 일조량이 부족한 봄이나 가을에 피기도 하고, 일조량이 많은 여름에 피기도 합니다. 불교의 가르침으로는 이 또한 인연법 때문일 것입니다. 흔히들 '인(因)'은 씨앗이고 '연(緣)'은 밭이라고 합니다. 작물이 잘 자라려면 우선 좋은 종자여야 하며, 생장환경이 적합해야 할 것입니다. '인'은 가깝게는 어떤 부모를 만났느냐를 뜻할 수 있고, 멀리는 과거 생에 어떤 업보를 지었느냐, 라고 풀이할 수 있겠지요. '연'은 식물에게는 토양과 일조량, 온도 등이 해당되고, 사람에게는 가족과 친구, 직장 등에서의 인간관계나 생활환경이 포함될 것입니다. 과학적 지식이 축적되지 않았을 2,500여 년 전에 부처님께서는 우주 만물의 인과관계를 어쩌면 이렇게 명쾌하게 설명하셨는지 놀랍기만 합니다. 이 세상에는 까닭 없이 일어나는 일은 하나도 없습니다. 다만 우리 인간이 모를 뿐입니다.

옛날 중국의 어느 선승(禪僧)이 나뭇잎 하나 떨어지는 것을 보고 온 산에 가을이 왔다는 사실을 알았다고 합니다. 작고한 이성선 시인은 「미시령 노을」이라는 시에서 "나뭇잎 하나가/ 아무 기척도 없이/ 내 어깨에 툭 내려앉는다/ 내 몸에 우주가 손을 얹었다/ 너무 가볍다"고 했습니다. 나뭇잎 하나를 대해도 우주의 숨결을 느끼는 감수성과 지혜가 부럽기만 합니다. 꽃들이 만개하고 새싹이 돋아나는 이 봄, 우주의 숨결을 마음껏 느껴보시기 바랍니다. (통도사 〈보궁〉, 2010년 3월호)

자연 그대로가
생명입니다

자연 재해가 끊이지 않습니다. 아이티와 칠레에서 대규모 지진이 발생해 수많은 인명을 앗아갔습니다. 또 미국에선 폭설이 내렸는가 하면 유럽에서는 폭풍우로 인명피해가 발생했습니다. 온 세계가 기후 변화에 신경을 곤두세우고 있지만, 자연 환경을 제대로 보존하기가 손쉬운 일은 아닐 것입니다. 환경의 변화는 우리가 먹는 음식에도 영향을 미칩니다. 자연 그대로의 과실이나 곡물이 아니라 인위적으로 생산된 음식은 인체에도 나쁜 결과를 초래합니다.

어느 출판사에서 홍보용으로 보내준 신간 도서를 한동안 책장 속에 꽂아두었습니다. 그러다 어느 날 불현듯 생각이 나서 꺼내들었더니 몇 시간 사이에 다 읽고 말았습니다. 일본 아오모리현에서 사과 농사를 짓는 농부 기무라 아키노리(木村秋則) 씨의 이야기를 다큐멘터리 작가 이시카와 다쿠지 씨가 정리한 『기적의 사과』라는 책입니다.

기무라 씨는 고등학교를 졸업하고 한때 직장생활을 하였으나 부모의 부름을 받아 농부 생활을 시작하였습니다. 사과 농사는 벌레 먹지 않은 달고 큰 사과를 얼마나 많이 수확하느냐에 달렸습니다. 따라서 곤충, 벌레, 바이러스, 곰팡이 등 온갖 병해충과 싸워야 했습니다. 그러자면 농약 달력을 만들어놓고 그 순서에 따라 온갖 종류의 농약을 사과나무에 뿌려야 했습니다. 튼실한 열매를 얻으려면 화학비료도 충분히 주어야 했습니다.

그런데 기무라 씨는 문득 기존의 농법에 회의감을 갖게 되었습니다. 아내가 농약에 민감했던 데다, 서점에서 우연히 구입한 서적 하나 때문이었습니다. 그 책은 후쿠오카 마사노부(福岡正信)라는 사람이 지은 『자연 농법』이었습니다. 후쿠오카 씨는 농업학교를 나와 세관의 식물검사원으로 일하다가 귀향하여 농업에 전념했습니다. 그는 쌀과 보리는 물론, 귤 농사까지도 비료와 농약을 사용하지 않았습니다. 땅을 갈지 않고, 잡초를 제거하지 않고도 품질 좋은 작물을 많이 수확했습니다. 후쿠오카 씨의 책을 읽고 자극을 받은 기무라 씨도 농약과 비료를 사용하지 않는 유기농을 시작하였습니다.

하지만 농약을 뿌리지 않으니 벌레가 대량으로 발생하고 잎은 시들어 떨어졌습니다. 이듬해에는 꽃이 피지 않으니 열매를 맺을 수 없게 되었습니다. 기무라 씨는 손으로 일일이 벌레를 잡아내고, 농약 대신 식초를 뿌리기도 했습니다. 그러나 그의 과수원은 거의 폐허가 되었고, 가족의 살림살이도 형편없이 어려워졌습니다. 어느 날 밤 기무라 씨는 목숨을 끊으려고 마을 뒷산에 올라갔다가 도

토리나무 한 그루를 발견하였습니다. 저 나무는 농약도 비료도 주지 않는데 어떻게 저렇게 열매를 잘 맺을까 하는 생각이 들었습니다. 기무라 씨는 그 나무 주변의 흙을 파내 자신의 과수원 흙과 비교해보았습니다. 그러고는 자연 그대로의 환경을 조성하는 게 중요하다는 사실을 깨달았습니다. 그래서 농약과 비료를 주지 않으면서 잡초를 자라게 하였습니다. 과수원에는 온갖 곤충과 벌레들이 모여들었습니다. 기무라 씨는 사과나무에게 "시들지 말고 잘 자라다오"라고 일일이 말을 걸었습니다.

기무라 씨의 사과나무는 9년 만에 꽃을 피웠습니다. 첫 해에는 조그마한 사과가 열리더니 세월이 갈수록 크고 맛있는 사과가 주렁주렁 달렸습니다. 이 사과는 판매 개시 3분 만에 모두 팔릴 정도로 인기를 얻었습니다. 그런데도 기무라 씨는 사과재배의 역사를 바꾼 이 농법에 대해 사과나무에 공을 돌렸습니다. 사과나무 스스로가 꽃을 피우고 열매를 맺었고, 자신은 나무를 도왔을 뿐이라고.

얼마 전 입적하신 법정스님께서 남기신 '내가 사랑한 책들'에 후쿠오카 마사노부 씨의 『짚 한 오라기의 혁명』도 포함돼 있었습니다. 후쿠오카 씨는 농사를 잘 짓기 위해 무엇을 할까 고민하는 사람이 아니었습니다. 그 반대로 무엇을 하지 않을까를 항상 생각하는 사람입니다. 덧셈이 아니라 뺄셈의 농법에 골몰했던 것이지요. 노자(老子)의 사상을 농업에 적용한 것이라고 할까요. 자연은 있는 그대로가 완벽하게 갖춰진 시스템이므로, 농부가 할 일은 자연의 생명력을 해치지 않는 것이라고 그는 주장했습니다.

미국 하버드 의대 출신의 의학박사 앤드류 와일은 『자연 치유』라는 책에서 "자연히, 저절로 낫게 하는 게 최상의 치유"라고 말하였습니다. 몸이 조금만 아프면 주사를 맞거나 약을 먹어왔던 사람들로서는 이해하기 어려운 일입니다. 병원에서 진료 거부를 당할 정도로 악화된 환자가 병원에 의지하지 않고 기적적으로 완쾌된 경우가 여럿 있다고 합니다. 우리 몸은 스스로 치유법을 알고 있기 때문에 치유는 밖에서 오는 것이 아니라 내부에서 온다는 게 앤드류 와일 박사의 지론입니다.

불교의 가르침 또한 마찬가지입니다. 사람 사람이 모두 불성(佛性)을 갖추고 있습니다. 아유일권경(我有一卷經)이라고 했듯이, 내 마음이 경전이며 내 몸이 법당입니다. 그걸 빨리 알아차리고 부지런히 닦아야 합니다. (통도사 〈보궁〉, 2010년 4월호)

바른 꿈, 소박한 꿈, 큰 꿈

새해 새 아침이 밝았습니다. 새털같이 많은 날이건만, 또 한 해를 맞고 보니 감회가 새롭습니다. 어디선가 보았던 글 구절이 생각납니다. 당신이 아무런 의미 없이 보낸 오늘은, 어제 세상을 떠난 사람들이 이 세상에 남아 있기를 간절하게 바랐던 그 하루였다고. 그렇습니다. 하루하루가 더해지면 한 해가 되고, 한 해 두 해가 흘러가면 우리들의 한평생도 금세 지나가버립니다.

여러분은 새해 들어 무슨 꿈을 꾸었습니까. 복을 안겨준다는 돼지꿈을 꾸었습니까, 아니면 호랑이 해여서 호랑이 꿈을 꾸었습니까. 로또복권 1등에 당첨된 사람들은 조상 꿈을 많이 꾸었다고 하더군요. 저는 평소에 학교 시험 날 아무리 빨리 가려고 해도 결국 지각하는 꿈을 꾸거나, 학점을 받지 않고 미루어 두었다가 수년 째 대학 졸업장을 받지 못해 안절부절못하는 꿈을 종종 꿉니다. 꿈은 현실을 반영한 것입니다. 스스로는 늘 인식하지 못하더라도 무의식 속에 잠재되어 있던 것이 꿈으로 나타납니다. 특히 자신이 처한 현실이 희망하는 바와 크게 다를 때 느끼는 강박관념 같은 것들이 꿈속에서 형상화됩니다.

삼국유사에 조신(調信)이라는 사람이 나옵니다. 그는 스님이었는데 태수의 딸을 좋아했습니다. 낙산사의 관세음보살님께 그 여인의 사랑을 얻게 해달라고 빌기도 했습니다. 하지만 태수의 딸은 다른 남자에게 시집을 가버렸습니다. 조신이 얼마나 낙담하였겠습니까. 그러던 어느 날 조신의 꿈에 그 여인이 나타났습니다. "저는 평소에 스님을 사랑해 한시도 잊은 적이 없었습니다. 이제 죽어서도 한 무덤에 묻힐 벗이 되고 싶어서 이렇게 찾아왔습니다"라고 말하였습니다. 조신이 얼마나 기뻐했을지 짐작할 만합니다. 조신은 이 여인을 배필로 삼아 40여 년 동안 살림을 하며 다섯 아이를 두었습니다.

그러나 조신의 행복은 그리 오래가지 못했습니다. 현실이라는 벽이 엄연히 존재했기 때문입니다. 조신의 가족은 누더기 옷을 걸치고 굶주리기가 일쑤였습니다. 결국 큰아이가 굶어죽었습니다. 부부는 늙고 병들어 열 살 난 딸아이가 구걸을 해온 끼니로 겨우 연명을 하였습니다. 어느 날 조신의 아내가 "헤어지고 만나는 것에는 운명이 있습니다"라며 "이제 헤어집시다"라고 하였습니다. 젊은 날이었으면 이 무슨 청천벽력 같은 얘기냐고 반박했을 조신이 이제는 아내의 말에 크게 기뻐하였습니다. 조신이 아내와 맞잡았던 손을 놓고 돌아서려다 보니, 그만 꿈을 깨고 말았습니다. 한때는 극락 같았고 한때는 지옥 같았던 꿈에서 깨고 보니, 머리와 수염이 허옇게 변해버린 사실을 알았습니다. 조신은 이미 저 세상에 다녀온 사람처럼 삶의 의욕을 잃어버렸습니다.

이와 비슷한 꿈 이야기는 여럿 있습니다. 중국 당나라 때의 서생(書生) 노생(盧生)은 주막집에서 빌린 청자 베개를 베고 그만 잠이 들었습니다. 그는 유배를 가거나 죽을 고비를 겪은 끝에 '일인지하 만인지상(一人之下 萬人之上)'의 위치에 올라 온갖 영화를 누렸습니다. 노생이 잠을 깨고 보니 모든 게 꿈이었으며, 주막집에 주문해놓은 밥은 아직 뜸도 들지 않은 상태였습니다. 노생의 고향이 중국 허베이성 한단이어서 그 꿈을 '한단지몽'이라고 하지요. 중국『남가태수전』에 나오는 '남가일몽'이나『후청록』에 나오는 '일장춘몽'도 마찬가지입니다. 인생은 모두 덧없으니 헛된 꿈을 꾸지 말라는 가르침이겠지요.

삼국유사를 펴내셨던 일연(一然)스님은 '조신의 꿈'을 전하면서 "즐거운 시간은 잠시뿐이고 마음은 어느새 시들어/ 근심이 슬며시 늙은 얼굴에 가득했네/ 기장밥이 익기를 다시 기다릴 것도 없이/ 괴로운 일생이 한바탕 꿈인 것을 깨달았네"라고 덧붙였습니다. 여기서 기장밥은 중국의 노생이 주막집에 부탁했던, 기장으로 지은 밥을 말합니다. 헛된 꿈을 경계하라는 따끔한 경책(警策)이 아닐 수 없습니다. 일찍이 부처님께서도 금강경에서 "일체의 유위법(有爲法)은 꿈과 같고, 허깨비 같고, 물거품 같으며, 그림자 같다"고 하셨습니다. 혹시 중생들이 알아듣지 못할까봐 "이슬과 같으며 번갯불과도 같다"고 친절하게 부연설명을 하셨습니다.

유위법이란 무엇입니까. 사람이 인위적으로, 쉽게 말하자면 억지로 하는 일을 말합니다. 자연의 이치대로, 순리(順理)대로 이루어지는 것이 아니라 이치에 어긋나게 하려는 일이라고 생각됩니다. 중국의 노자가 『도덕경』에서 '상선약수(上善若水)'라고 한 것처럼, 물 흐르듯 순리대로 살아가는 것이 유위가 아닌 무위(無爲)의 삶이라 여겨집니다. 앞서 인용한 조신의 예를 들어 풀어봅시다. 탐진치 삼독심(三毒心)을 여의었어야 할 스님 조신이 아름다운 여인에 미혹되었으니 오욕락(五慾樂)에 젖어 있었던 것입니다. 부처님께서 말씀하신 삼법인(三法印), 즉 제행무상과 제법무아와 일체개고를 꿈에서 깨어나고서야 알아채게 되었을 것입니다.

요즘 말로 옮겨놓자면 불법과 탈법을 동원해서라도 일확천금이나 고속출세를 바라는 마음이 바로 유위법이 아니겠습니까. 우리나라 사람들의 고질병이라고 할 수 있는 '빨리 빨리' 근성도 무위법이라고 할 수는 없는 일입니다. 국민의 공복이 되겠다고 선거에 나서는 사람들이 '선거법은 지키지 않아도 된다. 적발되지만 않으면 그만'이라는 심보를 부리는 것 또한 마찬가지가 아닌가요. 봄 되면 씨 뿌리고 여름엔 김을 매며 가을이면 거둬들이는 농부의 마음이 바로 무위법입니다. 심은 대로 거두겠다는 마음이 불자들의 근본이 되어야 합니다.

그렇다면 우리는 꿈을 꾸지 말아야 할까요. 그렇지는 않습니다. 꿈이 없는 사람은 희망이 없고 미래가 없습니다. 그러니 하루하루를 견디기 힘들어합니다. 마치 열 살 난 딸아이가 구걸해온 음식으로 겨우 연명하던 조신의 가족과 같은 처지로 전락하게 됩니다. '조신의 꿈', 즉 일장춘몽과 같은 헛된 꿈이 아니라 바른 꿈을 꾸어야 합니다. 큰 꿈을 꾸어야 합니다. 바르다 함은 부처님 법이든 세속의 법이든 한 치도 어긋남이 없음을 말합니다. 바르고 곧은 꿈이기 때문에, 내가 그것을 이루었다고 하여 남들이 시기하거나 질투할 수 없습니다. 큰 꿈을 꾸어야 합니다. 큰 꿈이라야 그것을 이루기 위해 더욱 분발할 수 있습니다. 큰 꿈은 나 혼자, 내 가족만 잘되고자 하는 꿈이 아닙니다. 뭇 중생들을 이롭게 하는 꿈입니다. 그래야 이웃들도 함께 기도해줄 것이고 신장님들도 지켜주실 것입니다.

경인년 새해가 시작된 지 벌써 며칠이나 지났습니까. 저는 아주 소박한 꿈을 하나 꾸고자 합니다. 큰 꿈을 강조해놓고 소박한 꿈을 꾸느냐고 반문하시겠지요. 작은 꿈부터 실천해나가야 큰 꿈도 이룰 수 있으니까요. 제가 새해에 시작하는 꿈은 낯모르는 사람들에게 인사를 잘 하겠다는 각오입니다. "안녕하세요"에서부터 시작해 "고맙습니다", 또는 "성불하십시오"에 이르기까지, 먼저 지극한 마음으로 인사하겠다는 것입니다. 내년 이맘때 한 해 성적표가 어떨지 살펴볼 요량입니다. 여러분의 꿈은 무엇입니까. (월간 불교, 2010년 1월호)

바르게 가면 모두 쉽다

　여러분은 왜 부처님을 찾으십니까. 어쩌면 가장 어리석은 질문이면서 가장 근본적인 문제제기입니다. 사람마다 여러 가지 대답이 나올 것입니다. 부처님을 닮기 위해서라든가 성불하기 위해서라는 답변도 예상할 수 있습니다. 교과서대로라면 만점을 받아야 할 답안입니다. 대부분의 신도들은 근심 걱정이 많아서라거나 마음이 편치 않아서라고 답할 것입니다. 이런 대답도 틀렸다고 할 수는 없습니다. 왜냐고요? 사람마다 살아가는 처지가 다르고 바라는 바가 제각각이기 때문입니다.

　우리는 근심 걱정과 친구하며 살아갑니다. 번뇌 망상이라고 바꾸어 불러도 좋습니다. 한 걱정이 끝나면 다른 근심이 밀려듭니다. 걱정거리가 있을 때는 언제 이놈을 떼어버릴까 전전긍긍하면서도, 없어지면 뭔가 허전해서 걱정거리를 또 찾게 됩니다. 그러니 어디 하루라도 마음 편할 날이 있습니까.

　자식이 잘 되기를 바라는 부모 심정은 누구나 마찬가지입니다. 저는 딸 하나, 아들 둘을 두었습니다. 딸이 대학에 들어가고 나니 아들 녀석들 입시가 걱정이었습니다. 공부를 잘하는 녀석은 잘하는 대로, 떨어지는 녀석은 또 그런 대로 대학에 보냈습니다. 대학에 들여보내면 걱정이 끝인 줄 알았는데, 이제는 군에 보내랴, 직장 구하느라 새로운 걱정거리가 생겼습니다. 그 다음에는 혼사 때문에, 그리고는 손자 손녀 때문에 걱정해야 할 차례입니다. 다들 내버려두어야 합니다. 자녀들의 인생은 자녀들 몫입니다. 물론 자녀가 잘 되기를 간절하게 기도해야 하겠지만, 혹시 잘못되면 어쩌나 너무 염려할 필요는 없습니다.

주식투자하는 사람 가운데 조바심 때문에 우울증을 앓는 사람도 있다고 합니다. 내가 산 종목이 내리면 어쩌나, 내가 팔고 나면 오르는 것은 아닐까 걱정합니다. 투자를 하지 않는 사람 가운데도 지금 들어갔다가 상투 잡는 것은 아닐까, 또는 상승장에서 나만 재미를 보지 못하고 구경꾼 신세가 된 것은 아닌가 신세 한탄을 합니다. 이런 성격의 소유자는 병까지 얻어가면서 왜 주식투자를 합니까. 주식의 주 자만 나와도 눈 감고 귀 막아버리는 게 상책입니다. 전문가의 조언을 구하되 자신의 판단으로 투자하고 그 결과에 대해서도 본인이 책임을 지면 됩니다. 느긋하게 기다리면 성공합니다.

베르너 티키 퀴스텐마허와 로타르 자이베르트가 지은 『단순하게 살아라』는 책을 보면 '당신이 소중하게 생각하는 것들의 대부분은 쓰레기' 라는 아주 자극적인 내용이 나옵니다. 여러분이 소중하게 여기는 것은 무엇입니까. 외국여행을 하다 보면 이것저것 기념품으로, 또는 언젠가 요긴하게 쓰일 것으로 판단해 현지 특산품을 구해 옵니다. 그러나 그때뿐입니다. 시간이 지나면서 귀중한 외화를 들여 구입했던 그 물건들이 귀찮게 여겨집니다. 이사를 하다 보면 집안 구석구석에서 잊었던 물건들이 나옵니다. 이 물건들도 한때는 소중하게 여겨졌습니다. 물질에 대한 탐착심은 모두 이와 같이 허망합니다.

성철스님께서 무엇을 남겼습니까. 고무신 한 켤레와 약간의 소지품이었습니다. 얼마 전에 퇴임한 인도의 압둘 칼람 대통령이 인상적인 퇴임사를 남겼습니다. 그는 5년 전에 옷가방 두 개를 들고 대통령궁에 들어왔는데, 이제 그 가방 두 개를 가지고 퇴임한다고 밝혔습니다.

자식을 뒷바라지하면서 세속적 삶을 살아가야 하는 재가자들로서는 어느 정도 물질이 필요합니다. 그 물질이 불필요하다고 주장하는 것이 아니라, 더욱 많은 것을 바라는 욕심을 버리자는 이야기입니다. 탐심 때문에 분노하게 되고 어리석은 생각과 행동을 하게됩니다. 욕심을 버리면 걱정거리가 사라집니다.

노자는 『도덕경』 첫머리에서 '상선약수(上善若水)' 라고 말하였습니다. 또 '유수부쟁선(流水不爭先)' 이라고도 하였습니다. 물처럼 사는 것이 최고의 도(道)이며, 흐르는 물은 결코 먼저 가려고 앞을 다투지 않는다는 뜻입니다. 주변 환경에 발맞추어 급할 때는 급한 대로, 여유 있을 때는 유유하게 흘러갑니다. 우리나라의 나옹스님께서도 '물처럼 바람처럼' 살아가라는 가르침을 남겼습니다. 물이 무슨 걱정이 있겠습니까, 바람이 무슨 근심이 있겠습니까. 마음속 욕심 그릇의 크기를 조금씩 조금씩 줄여나가면 근심 걱정도 그만큼 줄어듭니다.

마음이 편안하면 세상은 살맛납니다. 극락이 따로 있습니까. 우리가 살고 있는 바로 지금 이 자리가 불국토입니다. 장자(莊子)의 말 한 마디만 덧붙이겠습니다. "쉬운 것이 올바른 것이다. 올바르게 시작하면 모든 것이 쉬워진다. 쉽게 앞으로 나아가라. 그게 올바르다." (대광명사 아름다운 인연)

2장

부처님 오신
까닭

● 시간 여행

전생의 나는 어떤 모습이었으며 내생에는 어떨지 가끔 궁금할 때가 있을 것이다. 미국인 현각스님은 저서 『만행-하버드에서 화계사까지』에서 "전생의 나는 한국인 항일독립군이었을 것이라는 믿음을 갖고 있다"고 밝혔다. 윤회를 믿지 않는 사람이라도 미래에 대해 궁금하기는 마찬가지다. 점집이나 역술가가 줄어들지 않는 것도 미래에 대한 불안 때문이 아닐까. 타임머신이라도 있다면 과거로 미래로 훨훨 날아다니며 속속들이 살펴볼 수 있을 텐데…….

영국의 소설가 H. G. 웰스가 공상과학소설 『타임머신』을 발표한 것은 1895년이었다. 웰스는 광속(光速)보다 빠른 회전운동으로 타임머신을 4차원공간의 시간축 방향으로 밀어 미래로 이동하게했다. 웰스의 이 같은 착상은 이후 수많은 공상과학소설의 모태가되었다. 타임머신을 소재로 한 영화 가운데 가장 성공한 것은 1987년 개봉된 로버트 제메키스 감독의 〈백 투 더 퓨처〉였다. 고교생마티 맥플라이와 발명가 에메트 브라운 박사가 스포츠카 '드로리안'을 타고 30년 전으로 돌아갔다가 다시 미래로 귀환하는 시간여행을 다루었다.

　타임머신에 대한 이론적 근거는 웰스의 소설 이상으로 크게 진전된 것이 없었다. 그런데 최근 이스라엘 공대의 아모스 오리 교수가 이론적 모델을 개발했다고 영국 〈텔레그래프〉가 보도했다. 오리 교수는 시간을 구부려 고리 형태의 '타임 루프(time loop)'를 만들면 거꾸로 가는 시간 여행이 가능하다는 것이다. 일반인들로서는 이해하기 어려운 내용이다.

　과거나 미래에 집착해 판도라의 상자를 쉽게 열어서는 곤란하다. 금강경에 "과거심 불가득(不可得) 현재심 불가득 미래심 불가득"이란 구절이 나온다. 과거는 흘러갔고 미래는 다가오지 않았으며 현재는 시시각각 변하고 있는데, 집착할 것이라곤 아무것도 없다. 지금 이 자리에서 최선을 다할 뿐 아니겠는가. (부산일보 밀물썰물, 2007. 8. 11)

석가탑과 지진

　삼국유사 「효선(孝善)」 편에 김대성과 불국사에 관한 이야기가 나온다. 가난한 집에서 태어난 대성은 머슴살이를 하면서 받은 밭을 한 스님에게 시주했다. 얼마 안 되어 대성은 죽었는데, 그날 재상 김문량의 집에서 '대성(大城)' 이라는 금쪽을 손에 꼭 쥔 아기가 태어났다. 훗날 경덕왕 때 재상이 된 김대성은 현세의 부모를 위해 불국사를, 전생의 부모를 위해 석불사를 세웠다.

　불국사 앞마당에 나란히 세워진 다보탑과 석가탑은 석조예술의 세계적 걸작품들이다. 법화경에는 석가모니 부처가 영축산에서 설법을 할 때 다보여래(如來)가 출현해 석가모니와 자리를 나란히 했다는 대목이 나온다. 정교하면서도 화려한 다보탑은 다보여래를, 단순하면서도 날렵한 석가탑은 석가모니 부처를 상징한다. 두 탑은 '아사달과 아사녀' 의 슬픈 설화도 갖고 있다. 아사녀가 남편 아사달을 기다렸던 영지(影池)에 그림자가 비쳤던 다보탑은 유영탑(有影塔)으로, 끝내 그림자가 나타나지 않았던 석가탑은 무영탑(無影塔)으로 불린다. 현진건의 소설 『무영탑』은 아사달과 아사녀의 사랑과 예술을 그린 작품이다.

석가탑은 1966년 해체 보수작업 중 탑신부에서 무구정광대다라니경과 사리 장엄구가 발견되어 더욱 고고학계의 주목을 받았다. 다라니경 두루마리는 통일신라 때인 705년에서 751년 사이에 만들어진 것으로 추정돼 세계에서 가장 오래된 목판인쇄물로 인정받았다. 그런데 고려 현종과 정종 때 작성한 석가탑 중수기(重修記) 때문에 논란이 계속되었다. 다라니경을 신라 때 넣은 것인지 고려 때 넣은 것인지에 따라 세계 최고(最古)가 바뀌게 되기 때문이다.

그런데 최근 국립중앙박물관이 중수기를 분석한 결과 석가탑 중수의 원인이 지동(地動), 즉 지진 때문이었다고 한다. 무너진 석가탑을 다시 복원시킨 고려인들의 노고도 인정받았으면 한다. (부산일보 밀물썰물, 2007. 8. 8)

부처님 오신 까닭

교도소에서 살아가는 거룩한 부처님들, 오늘은 당신네의 생
신이니 축하합니다. 술집에서 웃음을 파는 부처님들, 오늘은
당신네의 생신이니 축하합니다.

1983년 조계종단의 종정이던 성철 스님의 초파일 법어의 일부
다. 진의를 곡해할 수 있겠지만, 이 법어는 고정관념을 깨뜨린 '정
문일침(頂門一鍼)' 이었다.

1986년 부처님 오신 날 법어는 여름날 한 줄기 소나기와 같이 시
원했다.

노자와 공자가 손을 잡고 석가와 예수가 발을 맞추어 뒷동산
과 앞뜰에서 태평가를 합창하니 성인, 악마가 사라지고 천당,
지옥이 흔적조차 없습니다. 장엄한 법당에는 아멘 소리 진동
하고 화려한 교회에는 염불 소리 요란하니 검다 희다 싸움이
꿈속입니다.

진리는 어느 곳에서나 충만하니 종교 간 분쟁도 꿈처럼 허망한 것 아니냐는 일갈(一喝)이었다.

1987년에는 「참다운 불공」이라는 제목으로 "발밑을 기는 벌레가 부처님입니다. 보잘것없어 보이는 벌레들을 잘 보살피는 것이 참 불공입니다"라고 하였다. 천지는 한 뿌리요, 만물은 한 몸이라고 생각한다면 발걸음조차 함부로 내디뎌선 곤란하다.

부처와 중생의 차이는 무엇인가. 중생은 자신이 부처인 줄 모르는데, 부처는 부처인 줄 깨달았다. 법화경 약초유품을 보면 "모든 초목과 약초, 크고 작은 나무들이 제각기 비를 맞는데 한 구름에서 내리는 비이지만, 그 초목의 종류와 성질에 맞추어서 자라고 크고 꽃이 피고 열매가 맺느니라"고 하였다. 불성을 갖춘 중생이라도 그 그릇에 따라 서로 달라짐을 비유한 것이다. 의상스님은 법성게에서 "중생을 이롭게 하는 비가 내려도 중생은 그릇 따라 받는다 (雨寶益生滿虛空 衆生隨器得利益)"라고 표현하였다. 불기 2551년 사월 초파일을 맞아 부처님이 이 땅에 오신 까닭을 생각해보았다. 범어사 무비스님의 책 제목처럼 '사람이 부처님이다'라고 깨우치기 위함이 아니겠는가. (부산일보 밀물썰물, 2007. 5. 24)

일연스님

제왕이 장차 일어날 때에는 반드시 보통 사람과는 다른 큰 변화가 생기고, …… 무지개가 신모(神母)를 둘러 복희(伏羲, 중국 고대의 제왕)를 낳았고, 요(堯, 임금)는 잉태한 지 열넉 달 만에 태어났다. 그렇다면 삼국의 시조가 모두 신비하고 기이한 데서 나왔다 한들 어찌 괴이하랴.

일연(一然)스님이 쓴 삼국유사의 첫머리다. 그러고는 "단군왕검이 아사달에 도읍을 세우고 나라를 열어 조선이라고 이름 하니, 요 임금과 같은 때다"라고 단군 신화를 기술했다. 단군이 탄생하기까지 곰과 범, 신인 환웅, 쑥과 마늘이 등장했다. 이뿐 아니다. 신라의 시조 박혁거세는 알에서 태어났고, 가락국의 허황후는 인도에서 온 공주였다고 전했다.

청도 운문사에 주석하던 일연스님이 삼국유사를 집필하기 시작한 1282년 당시는 나라 안팎의 사정이 몹시 어려웠다. 고려 무신정권이 대를 이어 집권했으며, 원나라의 침탈이 극에 달해 충렬왕이 경주로 몽진했을 정도였다. 고려의 왕권이 무너지고, 한족(漢族)

이 변방의 몽골족에게 무릎을 꿇었던 시대적 전환기였다. 지식인들 사이에 싹트기 시작했던 민족적 자각이 건국신화에 대한 관심으로 나타났다. 일연은 마침내 삼국사기에서는 언급조차 하지 않았던 단군신화를 첫머리에 꺼내들었다.

삼국유사는 온갖 신화와 설화, 기이한 이야기로 가득 찼다. 정사(正史)에 채택되지 않았지만 민간에서 회자되던 이야기들을 생생하게 담았다. 우리 민족의 숨결이자 문학의 원전이 아닌가. 전승되어온 향가 25수 가운데 「제망매가」 등 14수가 바로 이 이야기들 속에 포함돼 수록되었다.

1283년 일연스님은 경북 군위군 인각사로 거처를 옮겨 1289년 입적할 때까지 삼국유사를 집필했다. 사찰 입구 깎아지른 듯한 바위가 기린의 뿔을 얹은 것 같다고 해서 이름 붙여진 인각사(麟角寺)에서 스님의 탄신 800주년인 6일부터 다양한 학술행사와 기념행사가 펼쳐지고 있다. (부산일보 밀물썰물, 2006. 7. 7)

불교 무술

중국 허난성 숭산(嵩山)에 자리 잡은 샤오린쓰(소림사)는 1,500 년 역사를 자랑하는 중국 제일의 선종(禪宗) 사찰이다. 산문(山門) 위에 걸린 검은색 바탕에 금색 글씨의 '少林寺' 편액은 1704년 청나라 강희 황제가 직접 내린 것이다. 사찰 내 자운당에는 124개의 돌비석이 있는데 당·송·원·명나라 시대의 필법을 담고 있다. 역대 스님들의 사리를 모신 탑림(塔林)도 눈길을 모은다.

일반 관광객들이 가장 보고 싶어 하는 것은 영화로 많이 알려진 소림 무술. 사찰 입구의 연무청(演武廳)이라는 강당에서 10~20대 무술승들이 나와 시범을 보여준다. 강건하면서도 소박하고, 다양한 동작을 정밀하게 함을 기본으로 삼는다고 한다. 소림 무술은 달마대사가 소림사에서 9년간 면벽수도한 뒤 기력을 되살리기 위해 취했던 동작이 그 시원(始源)이다. 수나라 말기 곤봉무술을 잘하던 소림사 스님 13명이 훗날 당나라 황제가 된 이세민을 구출한 적이 있다. 이를 계기로 무술승이 한때 500여 명에 달했다. 지난 3월엔 유도 고수인 푸틴 러시아 대통령이 소림사에서 무술시범을 관람해 세계적인 화제를 낳았다.

호국불교의 전통이 뿌리 깊은 우리나라에서도 불교 무술이 이어져왔다. 신라 화랑을 지도했던 원광법사의 '세속 5계'는 생명을 중시하면서도 나라를 지켜야 했던 당시 수행자들의 면모를 보여준다. 고려 숙종 때 여진족의 잦은 침범에 윤관은 승려로만 구성된 특수부대인 '항마군(降魔軍)'을 조직하였다. 임진왜란 때 서산대사와 사명대사는 승병을 조직하여 왜군을 무찔렀다. 불교 무술은 몸과 마음을 조화시키며, 움직임(動)과 고요함(靜) 가운데 마음을 다스려 깨달음을 얻는 수행법이다. 일제강점기 이후 맥이 끊겼던 불교 무술을 복원하고 집대성했던 대가가 범어사 청련암의 양익 스님이다. 스님은 지난 6일 앉은 채 입적(坐脫立亡)하셨으니 가시는 길에도 큰 가르침을 남긴 셈이다. (부산일보 밀물썰물, 2006. 5. 10)

사랑의 동지 팥죽

동지는 일 년 중에 밤이 가장 길고 낮이 가장 짧은 날이다. 동지가 지나면 낮이 점점 길어지니 옛사람들은 태양이 부활하는 축제일로 여겼다. 이 때문에 중국 주(周)나라에서는 동지를 설로 삼았으며, 우리나라에서도 작은 설, 즉 아세(亞歲)라 불렀다고 동국세시기에 전한다. '동지 팥죽을 먹어야 진짜 나이 한 살을 더 먹는다' 는 말도 이런 연유에서 나왔다.

죽은 초기 농경사회에서부터 등장한 곡물음식의 원초적 조리법이다. 식량이 부족했던 시절에는 야채나 산나물을 넣은 멀건 죽 한 그릇으로 끼니를 대신했으니 구황음식이었다. 전복죽, 닭죽, 깨죽 등은 보양식으로도 손색이 없으며 입맛을 돋워주는 별미음식이다. 죽은 재료가 지닌 영양을 살리면서 소화에 부담이 적어 노약자나 환자가 먹기에 적절하다. 건강을 유지해주면서 탐욕을 억제하는 '다이어트 음식' 이다.

팥은 성질이 따뜻하고 맛이 달다. 팥에는 비타민 B_1이 많이 들어 있어 정신근로자나 수험생에게 좋은 식품으로 알려져 있다. 신장병, 각기병, 부종에 약효가 있으며 빈혈 치료나 숙취 해소에도 도움을 준다. 붉은색을 띤 팥죽은 악귀(惡鬼)를 쫓고 액운을 막아준다고 하여 동지에 쑤어 먹어왔다. 이젠 팥죽을 직접 끓여 먹는 가정이 얼마나 되겠는가마는, 한 해를 정리하고 새해를 맞이하는 마음가짐만은 이어받아야 하지 않을까.

동지 팥죽은 소외된 이웃과 함께 나눌 때 의의가 더욱 깊어진다. 대한적십자사 부산지사는 지난 20일 부산진역 광장에서 노숙자 250여 명에게 팥죽과 함께 방한복을 선물했으며, 16개 봉사 지회마다 복지시설의 노인들에게 팥죽을 대접했다. 부산 삼광사는 직경 5미터, 높이 1.7미터의 대형 가마솥에 맵쌀 34가마, 찹쌀 17가마, 팥 24가마를 넣어 45,000명분의 팥죽을 끓여 복지시설에 제공했다. 함께 나누는 따뜻한 마음을 가진 사람들에게 악귀가 찾아올 리 있겠는가. (부산일보 밀물썰물, 2005. 12. 22)

바랑

교통수단이 발달하지 않았던 시절, 먼 길을 걸어 다녀야 하는 나그네에겐 괴나리봇짐이 필수적이었다. 짐을 싼 보따리에 끈을 길게 달아 어깨에 멜빵처럼 걸머지는 형식이었다. 장거리 여행을 하려면 짐을 머리에 이거나 손에 드는 것보다는 괴나리봇짐이 훨씬 편리했기 때문이다.

바랑(또는 걸망)은 출가 수행자들이 메고 다니는 괴나리봇짐이다. 승복과 같은 잿빛 바랑을 걸머지고 어디론가 만행(萬行)을 떠나는 스님들의 뒷모습은 인상적이다. 바랑 속에 들어가는 물품은 주로 수행자의 위의(威儀)를 나타내는 가사(袈裟)와 식기인 발우, 부처님 말씀을 담은 경전 등이며, 때에 따라 목탁이나 요령, 세면도구도 넣어 다닌다. 출가자는 온갖 번뇌와 집착을 끊어야 하므로 살림살이가 요란하거나 번잡해서는 안 된다. 수행과 포교, 그리고 생명을 영위하는 데 꼭 필요한 물품만 바랑에 넣는다. 지니는 물건이 많으면 탐착심(貪着心)이 생기게 되니, 바랑은 무소유의 상징이다.

대한불교 조계종의 종무행정을 총괄하던 총무원장 법장스님이 갑자기 입적했다. 서울대병원에 입원 중이던 스님은 시자스님의 요청에 따라 "내게 바랑이 하나 있소/ 입도 없고 밑도 없소/ 담아도 넘치지 않고/ 주어도 비지 않는다네"라는 한문 게송을 남겼다. 담아도 담아도 넘치지 않고, 마르지 않는 샘처럼 남에게 나눠주어도 모자라지 않은 게 있을까. 이 바랑을 '복주머니'라 해도 좋고 '마음'이나 '불성(佛性)'이라고 불러도 좋을 것이다.

1994년부터 생명나눔실천본부를 창립, 장기기증 운동을 활발하게 펼쳐왔던 법장스님의 법구(法軀, 시신)는 동국대병원에 연구용으로 기증됐다. 본래 내 것이 아닌 이 육신을, 죽어 이웃들을 위해 마지막으로 봉사하겠다는 지극한 자비심의 구현이다. 내 마음속의 바랑에는 무엇이 들어있는지 스스로 점검해보자. (부산일보 밀물썰물, 2005. 9. 13)

경천사 10층 석탑

　한국의 선진문명을 동경했던 일본은 임진왜란과 일제강점기에 문화적 수탈을 자행했다. 정유재란 때 도요토미 히데요시의 지시에 따라 5만~10만 명에 달하는 조선인을 포로로 끌고 갔는데 상당수가 도공(陶工)이었다. 조선 도공은 세계적으로 성장하게 된 일본 도자기 산업 발전의 밑거름이었으며, 이들 중 일부는 유럽으로 끌려가 1608년 루벤스가 그린 〈안토니오 코레아〉에 등장하기도 했다.

　고려청자를 일본에 반출한 원흉은 1905년 일제 통감부 초대 통감으로 부임한 이토 히로부미로 알려져 있다. 일확천금을 꿈꾸었던 일본인 도굴꾼들이 고려의 왕도였던 개성과 인근 해주, 강화도의 고분을 마구잡이로 파헤쳐 안중근 의사가 "일본의 침략이 우리 선조의 백골(白骨)에 이르렀다"고 개탄할 정도였다.

　일본인의 기록에 의하면 이토는 "얼마든지 좋으니 몽땅 사겠다"며 30점, 50점씩 무더기로 매입해 일본 왕실이나 귀족들에게 선물로 보냈다는 것이다. 이토는 이완용을 앞세워 고종 황제를 위로한다는 명목으로 왕가 박물관을 창설하게 했고, 일본인 장사꾼들은 수십 배 비싼 값으로 고려청자를 넘겼으니 통탄할 노릇이었다.(이구열 저, 『한국 문화재 수난사』)

고려 충목왕 4년(1348년) 경기도 개풍군에 건립된 경천사 10층 석탑(국보 86호)도 비운의 문화재다. 일본 궁내부 대신 다나카는 1907년 3월 '고종황제로부터 선물 받았다' 고 속이고 높이 13.5미터나 되는 대리석탑을 해체하여 도쿄의 자택으로 불법 반출했다. 다나카는 데라우치 총독으로부터 반환 압력을 받았으나 버티다가 꼭 10년 만에 서울로 돌려보냈다. 경복궁 근정전 회랑에 오랫동안 방치됐던 탑은 1960년에야 시멘트로 붙여 다시 세워졌다. 국립문화재연구소가 지난 1995년부터 10년에 걸쳐 해체 보존 작업을 한 끝에 오는 광복절 용산 국립중앙박물관에 복원 전시된다. 선조들의 걸작이 못난 후손들 때문에 수난당하는 일이 되풀이되어선 안 된다. (부산일보 밀물썰물, 2005. 5. 28)

금어(金魚)

　붕어, 메기, 잉어 등 우리 민화(民畵)에 등장하는 물고기는 유유자적한 분위기를 자아내면서 여러 길상(吉祥)의 염원을 지니고 있다. 물고기 그림은 다산(多産)과 다복(多福)을 상징하였기 때문에 젊은 부부의 방에 주로 걸렸다. 과거급제를 위해 면학에 힘쓰는 선비를 격랑 속에서 사투하는 잉어에 비유하기도 했다.

　김해 수로왕릉 정문에 그려진 두 마리 물고기 그림, 즉 쌍어문(雙魚紋)이 수로왕과 허황후의 신비한 결혼설화를 입증하는 유물이라는 주장이 나와 논란을 빚은 적이 있다. 쌍어문은 허황후의 고향인 인도 아유타국의 문장(紋章)이며, 보주태후라는 시호는 중국 쓰촨성을 거쳐 김해로 왔음을 입증한다는 내용이다. 김해의 진산이 신어산(神魚山)이고, 그 자락에 자리 잡은 은하사 법당의 수미단에 쌍어문이 새겨져 있으니, 설화의 사실 여부를 떠나 물고기 그림을 상서롭게 여겼음에 틀림없다.

　금정산의 금어 설화는 너무나 환상적이다. 산마루 바위 위에 가뭄에도 마르지 않는 우물이 있어 빛이 황금과 같다. 한 마리 금색 물고기가 오색구름을 타고 내려와 헤엄쳐 놀았다고 한다.(『동국여

지승람』 권23) 왜구의 침공 소식을 접한 신라 문무왕이 의상대사를 모시고 금어가 있는 금정산에서 7일 동안 기도하자 신중이 나타나 왜구를 격퇴했으며, 그 자리에 범어사를 창건했다는 것이다. 바위 위에 괸 빗물에 낙동강의 낙조(落照)가 비치어 황금빛으로 물들었고 그 속의 거무스레한 바위 때문에 금빛 물고기가 유영하는 듯했을 터이고, 금어 설화에 호국의 염원을 더해 범어사(梵魚寺)라 이름 지었던 게 아닐까……

금정산 생명문화축전이 '생명의 금어를 찾아서' 라는 부제를 내걸고 오늘부터 시작된다. 생명운동은 인간의 이기적 욕망 때문에 고통받고 죽어가는 뭇 생명에 대한 참회에서 출발해야 한다. 굳이 금빛 물고기가 아니더라도 풀 한 포기 나무 한 그루 모두 남이 아닌 또 하나의 나 아닌가. (부산일보 밀물썰물, 2005. 5. 23)

식탐(食貪)의 결과

이 음식이 어디에서 왔는가.

내 덕행으로는 받기가 부끄럽네.

마음의 온갖 욕심을 버리고

육신을 지탱하는 약으로 삼아

도업을 이루고자 이 공양을 받습니다.

불가(佛家)에서 공양할 때 암송하는 오관게(五觀偈)다. 한 술의 밥이 내 입에 들어오기까지 온 우주의 정성이 깃들어 있다. 햇빛이 적당히 비추어져야 하고, 비와 바람이 순조로워야 벼가 잘 자란다. 쟁기질하는 소의 노고와 씨 뿌리고 거두는 농부의 땀이 없이는 한 톨의 양식도 얻을 수 없다. 내 돈으로 사 먹는 한 끼 식사라도 하늘과 땅, 이름 모르는 사람들의 은혜에 감사드려야 한다.

1981년 말, 법정스님이 해인사 백련암으로 성철스님을 찾아갔다. 법정스님이 성철스님의 조촐한 밥상을 보고는 "스님, 그렇게 드셔도 됩니까"라고 묻자 성철스님은 "안 먹어도 살 수 없지만 음식에 사람이 먹히면 어찌 되겠는가"라고 반문했다. '굶어 죽지 않을 정도만 먹으면 된다'며 평생 소식(小食)을 실천한 수행자의 진면목이 드러난다. 현대인들을 괴롭히는 대부분의 질병이 잘못된 식습관, 즉 식탐(食貪) 때문에 빚어진 게 아닌가.

미국의 생태주의자 헬렌 니어링은 저서 『소박한 밥상』에서 무엇을, 어떻게 먹어야 하는지를 시사하는 일화를 남겼다. 어느 농가의 부인이 일꾼 대여섯 명에게 제공할 식사 준비로 하루를 보내다가 어느 날 미쳐버렸다. 그 부인은 정신병원으로 가는 마차에서 "인부들이 20분 만에 싹 먹어치웠어"라고 되뇌었다. 헬렌은 그 부인이 음식 준비를 간소하게 했더라면 나머지 에너지와 시간으로 훨씬 보람 있는 일을 할 수 있었을 것이라고 강조한 것이다.

광우병이 발생한 데다 조류독감이 전 세계를 휩쓸고 쇠고기에서 살모넬라균까지 발견돼 식생활에 큰 영향을 주고 있다. 쇠고기나 닭고기를 기피하다 보니 먹을거리가 크게 줄어든 느낌이다. 동물이 병들면 인간도 병들게 마련이니 생명의 존엄성을 일깨우는 계기로 삼아야 한다. "육식은 불필요하고, 비위생적이고, 비경제적이고, 비윤리적"이라고 혹평한 헬렌 니어링의 말에 귀 기울일 때가 된 것 같다. (부산일보 밀물썰물, 2004. 2. 4)

풍경 소리

늦더위가 반짝하더니 게릴라성 호우가 기승이다. 변덕스러운 날씨와 싸우려면 심신의 안정이 절대적이다. 편안한 자세로 두 눈을 살며시 감고 상상의 나래를 펴보자. 가장 행복했던 순간, 그때 들려왔던 소리들을 기억의 샘에서 떠올려보자. 계곡의 물소리, 소나무 숲을 스쳐가는 솔바람 소리, 호젓한 산길에서 길벗이 되어준 새 소리, 눈의 무게를 이기지 못해 고목의 가지가 꺾이는 소리, 높은 산 키 작은 나무에 맺힌 고드름이 바람결에 서로 부딪히는 소리……. 자연이 들려주는 소리는 생명에너지로 가득 차 있다. 일본에서는 식물이나 자연현상이 내는 파동을 멜로디화한 '자연 음악'으로 우울증 같은 정신질환은 물론 면역질환이나 만성질환까지 치료하고 있다고 한다.

뗑그렁, 뗑그렁…….

사찰의 처마 끝에 매달려 바람 부는 대로 흔들리는 풍경 소리도 몸과 마음의 피로를 씻어주는 청량제(淸凉劑)다. 풍경은 작은 종 가운데 추를 달아 그 밑에 물고기 모양의 쇳조각을 붙여 바람 따라 맑고 고운 소리를 낸다. 물고기는 밤에도 눈을 감지 않으므로 출가 수행자는 성성적적(惺惺寂寂)하게 늘 깨어 있어야 한다는 경책(警策)의 의미를 담고 있다. 풍경은 바람이 흔드는 요령이니 풍령(風鈴)이며, 바람이 두드리는 목탁이니 풍탁(風鐸)이라고도 불린다. 비록 악기는 사람이 만든 쇠붙이지만, 악보도 없이 바람이 연주하므로 자연 음악이라고 할 수밖에……. 산사에서는 폭염이 아무리 내리쬐어도 물소리, 매미 소리에 풍경 소리만 더하면 더위는 저절로 물러가게 된다.

성불사 깊은 밤에 그윽한 풍경 소리
주승은 잠이 들고 객이 홀로 듣는구나
저 손아, 마저 잠들어 혼자 울게 하여라.

이은상 선생의 시에 홍난파 선생이 곡을 붙인 〈성불사의 밤〉은 시간조차 멈춰버린 듯한 산사의 적막을 그리고 있다. 성불사는 북한의 황해도 정방산에 자리 잡고 있는 천년 고찰. 한국전쟁 당시 미군의 폭격으로 절이 파손되면서 풍경도 소실됐다는 소식에 성불사와 결연한 서울의 한 사찰에서 풍경을 보낼 계획이라고 한다. 청량한 풍경 소리가 북녘 동포들의 시름도 덜어주었으면……. (부산일보 밀물썰물, 2003. 8. 25)

선(禪) 문답

　예일대에서 서양철학을 공부하고 하버드 대학원에서 동양철학에 심취해 있던 미국인 폴 뮌젠은 1989년 12월 어느 날 우연히 통통하고 키가 작은 동양인의 강의를 듣고 인생 항로를 180도 바꾸게 되었다. 그 강사(숭산스님)는 문법에도 맞지 않는 서툰 영어로 "당신은 누구입니까. 태어날 때 어디서 왔으며 죽을 때는 어디로 갑니까"라며 삶의 근원에 대한 질문을 던졌다. 진리에 목말라 있던 폴은 이 강의에 큰 충격을 받고 1992년 삭발 출가해 현각스님이 되어 한국에 왔다.

　선불교는 경전에 얽매이지 않고, 오히려 경전 밖의(敎外別典), 문자 이전의(不立文字), 존재의 성품을 바로 가리켜(直指人心), 부처의 경지를 이루고자(見性成佛) 했다. 그러다 보니 일체의 고정관념이나 권위를 부정하고 자유분방했다. 임제(臨濟)스님은 "부처를 만나면 부처를 죽이고, 조사를 만나면 조사를 죽여야 한다"고 말했을 정도다. 선사들은 분석적이고 관념적인 제자들의 질문에 엉뚱한 대답을 하여 강한 의구심을 불러일으키는 방법, 즉 공안을 사용했다. 공안의 핵심적인 어휘가 화두이며, 이를 일념으로 참

구해나가는 선수행이 간화선(看話禪)이다.

선승들의 수행은 목숨을 건, 자기와의 처절한 싸움이었다. 한국 선불교의 중흥조로 꼽히는 경허스님은 동학사 염화실에서 턱 밑에 날카로운 송곳을 세워놓아 깜박 졸 때면 송곳에 찔려 피를 흘려가면서 정진한 끝에 화두를 타파했으며, 성철스님은 견성한 뒤에도 파계사 성전암에서 철조망을 쳐놓고 8년 동안 장좌불와(長坐不臥)했다.

선문답의 오묘한 세계를 맛볼 수 있는 국제무차선 대법회가 20일 부산 해운대 해운정사에서 열린다. 조계종 종정을 지낸 백양사 방장 서옹스님과 경허-혜월-운봉-향곡의 법맥을 이어받은 진제스님, 중국의 정혜스님, 일본의 종현스님이 차례로 법문하고, 출가 수행자나 일반인 누구든지 질문을 던지고 답을 하는, 차별도 없고 막지도 않는 '선 문답의 광장'이다.

참선은 탐욕과 분노, 어리석음, 분별심으로 가득 찬 '거짓 나'를 버리고 '참 나'를 찾아가는 여행이다. 가식을 깨부수고 '참 나'를 볼 수 있을 때 세상을 바로 보는 지혜의 눈이 열릴 것이다. (부산일보 밀물썰물, 2002. 10. 16)

끽다거(喫茶去)

우리나라에 차 문화가 전해진 것은 신라 흥덕왕 때 일이지만 차 문화는 고려시대에 꽃을 피웠다. 왕실에서는 음력 초하루나 보름, 명절, 관혼상제 때 차례(茶禮)를 올렸으며 궁중에 '다방(茶房)'이라는 전문기구를 둘 정도였다. 민간에서는 찻잎을 따서 두통, 치통, 숙취에 약으로 쓰기도 했다 한다. 차는 무엇보다도 정신을 맑게 해주는 효능이 있어 예부터 많은 사람들에게 사랑받아왔다.

차를 얘기할 때 빠질 수 없는 인물은 중국 당나라 때 선풍(禪風)을 드날렸던 조주(趙州)선사다. 조주선사가 불법의 대의를 묻는 수행자에게 "차나 한잔 마시고 가시게(喫茶去)"라고 답하였다 하여 그 말은 하나의 화두로 전해온다. 사물에 집착하지 않고 걸림이 없으므로 얻을 수 있는 자유자재한 경지를 선(禪)이라고 한다면, 차를 마시는 것도 이와 다를 바 없다는 선다일여(禪茶一如)의 정신이다.

조선 후기 다성(茶聖)으로 불리던 초의(草衣)선사는 동다송(東茶頌)에서 "뉘라서 차의 참맛을 알리요. 잡것이 한 번 스치면 차의 진성을 잃나니……"라며 차의 순수한 아름다움을 노래했다. 중국의 문명비평가 임어당(林語堂)은 "고귀한 은자(隱者)와 결합되는 청순의 상징이며 명상으로 인도하는 그 무엇이 있다"고 차를 예찬했다.

녹차가 암 예방에 도움이 된다는 연구 결과는 여러 차례 나왔지만 최근 중국과 미국의 과학자들이 암연구협회 총회에 제출한 보고서는 차 애호가들의 관심을 다시 한 번 모으게 한다. 양국 합동 연구팀의 분석에 따르면 차 음용자들의 위암, 식도암 발병률이 그렇지 않은 사람들에 비해 절반으로 떨어진다는 것이다. 차나무는 카테킨이라고 불리는 강력한 산화방지제를 함유하고 있어 산화스트레스로 인한 인체세포의 발암을 억제하고 종양세포의 증식을 막아준다는 것이다.

부산에서 차 문화 연구에 평생을 바쳐오다 얼마 전 작고한 금당(錦堂) 최규용 선생이 99세까지 장수한 것도 부질없는 일에 집착하지 않는 마음으로 차를 마셔오신 때문일 것이다. 남을 헐뜯고 모함하고 이간질하는 세상사는 잠시 접어두고 차 한 잔을 마시며 내면의 소리에 귀 기울여보면 어떨까. (부산일보 밀물썰물, 2002. 4. 11)

걸레스님

… 나는 진리를 죄 만들어 먹고

… 천당과 지옥을 엿 만들어 먹고,

… 실컷 다 먹고 나니 양치질과 똥 쌀 일만 남았다.

… 나는 소똥, 바람똥, 번개똥, 돌나무똥

… 온통 천지가 똥, 똥뿐이다.

— 중광, 「나는 똥이올시다」

　승속(僧俗)을 넘나든 파격적 기행(奇行)으로 화제를 모았던 '걸레스님' 중광(重光)이 생을 마쳤다. 지난 1977년 영국 왕립 아시아학회에서 발표한 그의 자작시 「나는 걸레」의 한 구절처럼 '반은 미친 듯 반은 성한 듯' 살다가 갔다.

　5년 전 중광이 걸레전용세척제 CF에 출연한 적이 있다. 그림 작업이 끝난 뒤 "나는 걸레다"라고 뇌까리고는 참선에 몰두한다. 동자승이 나타나 어질러진 바닥을 힘들게 닦아나가자 세제로 걸레를 빨고 바닥을 깨끗이 닦은 뒤 "이래도 내가 걸레냐"라는 말로 끝낸다. 익살스러운 그의 이미지가 곁들여져 맛깔 나는 광고가 되었지만 제작과정에서 "이 세상에 지저분한 것은 떡값, 떡값"이라고 외쳐대 NG를 남발하는 바람에 제작진이 혼났다는 후일담이다.

그는 왜 스스로를 걸레라고 선언하였을까. 걸레는 비록 자신은 불결해질지라도 세상의 모든 더러움, 탐욕과 성냄과 어리석음을 깨끗이 닦아내는 도구다. 출가승이 지켜야 할 엄격한 계율을 지키지 못한 변명일 수도 있으나 아만심(我慢心)을 버리지 않고는 자처하기 어려운 일이다. 그의 기행과 파격은 경직되고 규격화된 우리 사회의 현실에 대한 무언의 저항이 아니었을까. 그는 「한국에서 제일 정직한 것은 집에서 나오는 쓰레기뿐이다」라는 긴 제목의 산문에서 한탕식 민주주의를 비판한 뒤 "내 자신도 이 땅에 살면서 정신병자가 되어버렸다"고 개탄했다. 그러고 보니 그의 '걸레 철학'은 고은(高銀) 시인의 시 「걸레」를 통해 더욱 명확해진다. "…나는 걸레가 되고 싶다/ …우리나라 오욕과 오염/ 그 얼마냐고 묻지 않겠다/ 오로지 걸레가 되어/ 단 한군데라도 겸허하게 닦고 싶구나…."

기인의 삶이란 상식의 세계를 벗어난 것이어서 언제나 세인의 비난으로부터 자유로울 수 없다. 그가 우리 사회의 이단아이자 방황하는 파계승이었는지, 모든 굴레에서 벗어나고자 했던 자유인이었는지는 후세가 평할 것이다. (부산일보 밀물썰물, 2002. 3. 11)

3장

사람의 향기가
그립다

상불경보살과 유마거사

고은 시인은 올해 일흔을 훨씬 넘겼지만, 마흔 초반이었던 시절 "사랑을 하려면 5월에 하라"고 했다. 그것도 "5월의 산에서 하라"고 권했다. 5월이라는 계절에 바치는 헌시(獻詩)라고나 할까, 극찬이나 다름없었다. '잔인한 달' 4월의 달력 한 장을 넘기니 계절이 확연히 달라졌다. 햇살은 따사롭고 산색(山色)은 더욱 푸르러졌다. 어린이날이나 어버이날, 스승의 날 같은 사랑과 감사를 떠올리게 하는 기념일들이 이 계절에 집중된 까닭을 알 만하다. 그런데 검찰에서 새벽까지 조사받고 피곤한 모습으로 고향집으로 돌아가는 전직 대통령의 모습을 우리가 지켜봐야 한다는 건 얼마나 답답한 일인가.

때마침 내일이 사월 초파일이다. 지도자의 길이 무엇인지 불교 경전에서 몇 마디 찾아보자. 법화경에 이런 대목이 나온다. 옛날에 깨달은 체하며 교만을 부리는 비구 스님들이 큰 세력을 이루었을 때, 상불경(常不輕)보살이라는 한 비구가 있었다. 그는 만나는 사람마다 "나는 당신을 몹시 존경합니다. 당신을 가볍게 보지 않습니다. 당신은 보살의 도를 닦아 부처님이 될 것이기 때문입니다"

라며 찬탄하고 절을 하였다. 상불경보살로부터 경배(敬拜)받던 사람들은 그를 무시하기 시작했다. 미천한 자신들을 삼계도사(三界導師)이며 사생자부(四生慈父)인 부처님이라고 하다니, "제 정신이 아니다"라며 돌을 던지고 몽둥이로 두들겨 팼다. 그러나 이 보살은 매를 맞으면서도 "당신을 존경합니다"라며 예배하였다. 그는 경전을 공부하거나 참선 수행을 하지 않았지만, 내생에 성불하여 석가모니 부처가 되었다.

불교에서는 여러 가지 수행의 한 방편으로 절을 권장한다. 허리를 굽히고 엎드려 절을 하는 그 자체가 마음을 비우는 과정, 즉 하심(下心)을 터득하게 되는 과정이다. 나를 낮추고 당신을 받든다는 뜻이다. 그 당신에는 신(神)과 같은 절대자도 포함되겠지만, 이웃집 아저씨와 아주머니, 들짐승이나 날짐승, 지렁이나 벌레 같은 미물(微物)도 포함된다. 사람이 사람을 가볍게 보지 않고 존경한다는 것은 곧 신뢰를 의미한다. 가정에서나 사회, 국가 모두 신뢰 없이는 유지될 수 없다. 화엄경에서도 "사람이 행복의 터전이며, 모든 선법이 그로부터 나온다(人是福田 能生一切善法故)"라고 했다.

엊그제 재·보궐 선거에서 집권 여당인 한나라당이 참패했다. 이명박 대통령과 여당이 이를 어떻게 받아들였는지 알 수는 없다. 선거 때면 국민을 하늘같이 모시겠다고 약속해놓고선 당선되고 나면 그뿐인 게 우리네 정치인들의 모습이었다. 국민의 대의기구인 국회를 향해 '깽판'이니 '없애버려야겠다'고 했던 게 이 정부의 장관들이다. 전직 대통령으로선 헌정 사상 세 번째로 검찰 조사를 받았던 노무현 전 대통령도 마찬가지다. 그는 비록 무능하더라도 깨끗하다고 강변하지 않았던가. 우리는 도덕군자요 당신들은 부패세력이라고 몰아세웠지 않았던가. 교만이자 아집이며, 독선이자 위선이었다. 노무현과 386의 추락은 우리 정치에서 이상주의가 현실의 벽을 넘어서지 못했다는 점에서 대단히 안타까운 일이다.

유마거사 이야기를 조금 덧붙이자. 출가승이 아닌 재가자 유마거사가 병을 앓고 있다는 소식에 부처의 여러 제자들이 문병을 갔다. '지혜 제일'이라던 문수보살이 "어디가 편찮으시냐"하고 물었다. 유마는 뜻밖에 "중생이 아프니까 보살도 아프다"라고 답하였다. 어찌 보면 꾀병이라고 여길 수도 있다. 하지만 어린 자식이 아프면 어머니가 자신보다 자식을 더 돌보는 것처럼, 보살은 중생의 어려움을 함께 나눠야 한다는 얘기다. 초기 불교 시절 번뇌를 없애 해탈하면 최고라는 '아라한 문화'를 깨부수는 통쾌한 장면이 아닌가. 나 혼자 번뇌를 여의고 도(道)를 깨달으면 그만이라는 소승불교 수행자들의 뒤통수를 유마거사가 한 방 친 셈이었다. 대승불교에서 말하는 보살이란 '깨달음을 추구하면서 중생을 위해 사는 수행자'다. 자신의 수행에만 골몰하고 중생의 삶을 외면하면 결코 보살이 아니다.

정치인을 비롯한 국가 지도자도 마찬가지여야 한다. 내 편과 내 사람을 챙기는 사이에 적을 만들며 국리민복은 뒷전으로 밀려난다. 이 대통령의 취임 초기만 해도 요란했던 '머슴론'은 어디론지 사라지고 말았다. 용산 재개발에 반발하던 철거민들도 우리 국민이요 이웃이라고 여겼다면 불상사는 발생하지 않았을 것이다. 만공(滿空)스님은 세계일화(世界一花), 세계가 하나의 꽃임을 알면 시시비비가 없을 것이라고 했다. 나라 살림 또한 마찬가지다. (부산일보, 2009. 5. 1)

달라이라마의 용서

차마고도(茶馬古道), KBS가 제작 방영해 크게 호평을 받았던 다큐멘터리이다. 중국 남부 윈난성에서 쓰촨성을 거쳐 티베트에 이르는 장장 5,000킬로미터에 달하는 옛 길이다. 해발 평균 4,000미터가 넘는 험난한 길을 통해 기원전부터 윈난, 쓰촨성의 차와 티베트의 말을 교역했다고 한다. 초원과 대협곡, 설산을 거쳐야 하는 이 길은 노새 한 마리가 겨우 지나갈 정도로 좁은, 인간과 자연이 공존하는 길이다. 2003년 유네스코로부터 세계자연문화유산에 지정될 정도로 자연의 아름다움을 고스란히 간직하고 있는 곳이다.

이 다큐멘터리에 나왔던 순례자 5명은 평생소원이던 티베트 라싸의 포탈라 궁전과 조캉 사원의 불상을 친견하기 위해 2,300킬로미터에 달하는 순례의 길에 올랐다. 험준한 히말라야 산길을 7개월 동안 오체투지(五體投地)로 절을 하면서 순례했던 것이다. 그것도 자신을 위해서가 아니라 일체 중생의 행복을 기원했다니 더욱 놀랍다. 얼굴은 숯덩이처럼 검게 타고 몸은 만신창이가 되었지만, 그들의 마음은 만년설처럼 깨끗해지고 평온을 얻었음에 틀림없다.

척박한 고산지대에서 살아가리란 여간 힘든 일이 아니다. 티베트 사람들은 물질문명과 거리가 먼 까닭에 대체로 소박한 성품이다. 7세기경 불교가 들어오면서 윤회와 환생을 믿게 되었고, 이승에서의 삶이 고단하더라도 순순히 받아들였다. 송광사 출신인 청전(淸典)스님의 순례기를 보면 이런 대목이 나온다. 티베트나 인도, 파키스탄 사람들이 '성산(聖山)'이라고 여기는 카일라스(해발 6,714미터) 순례길에서 한 유목민 가족을 만났다. 40대인 가장은 가족들이 야크나 양을 먹고 살아야 하는데 살생에 따른 갈등이 많다고 털어놓았다고 한다. 야채나 곡식이라고는 찾을 수 없는 황무지에서 육식을 할 수밖에 없는 형편인데도 죄가 될까봐 고민해왔다는 것이다.

라싸는 티베트의 중심 도시다. 티베트 말로 신들이 사는 땅인 수가바티, 즉 극락이라고 한다. 세상 어느 곳보다 평화로워야 할 라싸에 긴장과 공포가 엄습했다. 이달 중순 티베트의 승려들과 주민들이 중국의 지배에 반발하며 시위를 벌였고, 중국 정부가 강경진압에 나섰기 때문이다. 10여 명이 사망했다는 중국 정부의 발표와는 달리, 사망자가 100여 명에 달한다는 소문도 들려온다. 시위는 수그러들었지만 시위대 검거 선풍이 거세게 불고 있다.

티베트는 중국 당·송 시절만 해도 윈난성 일부 지역으로부터 조공을 받을 정도로 강국이었으나 13세기 몽고의 지배에 들어가면서 중국과 갈등을 겪어왔다. 1911년 중국에서 신해혁명이 발발하자 티베트는 독립을 선포했다. 이도 잠시, 1950년 중국군이 침공하면서 다시 중국의 시짱(西藏)자치구로 전락했다. 당시 수십만 명이 숨지고 6천여 사원이 파괴됐다. 브래드 피트가 주연을 맡은 영화 〈티베트에서의 7년〉은 이 무렵의 실화를 바탕으로 재현한 작품이다.

티베트의 지도자 달라이라마는 결국 인도 다람살라에 망명정부를 차렸다. 중국군에 의해 20년 가까이 수감되었던 한 티베트 스님이 달라이라마를 찾아갔다. 달라이라마가 그를 위로하며 무엇이 가장 힘들었느냐고 물었다. 그는 "고문이나 생명의 위협보다 중국인들을 미워하는 마음이 생길까봐 가장 두려웠다"라고 답하였다. 달라이라마도 그 스님 못지않았다. 1989년 노벨평화상 수상 연설에서 영어로 인사말을 하다가 티베트 말을 잠깐 하겠다고 양해를 구했다. 그는 전 세계의 티베트인들에게 "중국 사람들을 미워하지 마시고 어떤 물리적 가해로써 피해를 주지도 마십시오. 그들 중국 사람도 우리와 똑같이 행복을 원하고 불행을 원하지 않습니다"라고 호소했다. 달라이라마는 "용서는 가해자뿐만 아니라 나 자신을 위한 자비심"이라고도 했다.

중국은 달라이라마를 불법 집단의 배후라고 비난했고, 티베트의 일부 젊은이들은 달라이라마의 비폭력 노선에 반발하고 있다. 이쯤 되면 달라이라마도 곤혹스러울 듯한데 그는 요지부동이다. 비폭력 노선을 포기한다면 망명정부 수반에서 물러나겠다고 단호한 입장을 밝혔다. 딜레마에 빠진 쪽은 달라이라마가 아니라 베이징 올림픽을 앞둔 중국 정부가 아니겠는가. 원자바오 중국 총리는 달라이라마와 회담할 용의가 있다고 고든 브라운 영국 총리가 전했다. 달라이라마가 방문하지 못한 세계에서 몇 안 되는 '힘없는 대한민국' 국민으로서는 그저 평화를 기도할 수밖에 없다. 티베트인들이 미소를 되찾고 라싸에 평화가 깃들기를 바란다. (부산일보, 2008. 3. 21)

달라이라마를
기다리며

　20세기 과학문명에 찌든 서구인들은 21세기의 희망을 동양에서 찾고 있다. 물질적 풍요를 자랑할수록 정신적 상실감은 더 커지게 마련이어서 서구의 상당수 지식인들은 '삶과 죽음' 같은 보다 근원적이고 철학적인 문제에 몰두하게 되었다. 그들은 서구문명의 대안으로 인도나 티베트의 정신문화를 주목하고 있으며 티베트의 지도자 달라이라마에 귀 기울이고 있다.

　한국불교에 귀의한 미국인 현각스님에 따르면 미국에서 달라이라마의 인기는 가히 폭발적이다. 지난해 8월 뉴욕 센트럴파크에서 열린 집회에는 4만여 명의 청중이 운집했으며 시카고 자연사박물관 강연에는 125달러에 달하는 입장권이 사전에 매진되기도 했다. 리처드 기어, 해리슨 포드, 스티븐 시걸, 줄리아 로버츠 같은 할리우드 스타들이 '달라이라마 붐'을 조성하고 있다.

　지난 2월 서울대학교 총학생회와 불교학생회가 달라이라마의 방한을 추진하겠다고 밝혔다. 서울대학생회는 비폭력 평화주의, 인종 및 종교간 화해, 환경보전, 인권운동 등 그의 심오한 철학을 직접 듣고자 초청한 것이다.

그러나 정부는 지난달 초 비자를 발급할 수 없다고 학생회 측에 비공식적으로 통보했다. 이에 불교계 73개 단체가 '달라이라마 방한추진 범불교도 대책위원회'를 구성하였으며, 아셈 민간포럼 종교분과, 기독교계를 대표하는 KNCC, 각 종교지도자들로 구성된 종교인평화회의가 동참 움직임을 보이고 있다. 달라이라마의 방한 성사 여부가 국내 종교계의 이슈로 떠오른 셈이다.

그렇다면 달라이라마의 방한은 왜 힘든 것인가. 티베트에서는 17세기 5대 달라이라마 때부터 종교지도자가 정치지도자를 겸하게 되었다. 지금의 달라이라마는 제14대로, 이름은 텐진 가초. 1935년 가난한 농부의 아들로 태어나 13대 달라이라마의 환생자로 확인돼 네 살 때 달라이라마로 추대되었다. 그는 1950년 중국의 침공을 받아 조국이 합병당하는 수모를 겪었고 1959년 중국이 다시 공격해오자 히말라야를 넘어 인도로 망명하였다.

네루 수상의 도움으로 인도 북부 다람살라에 망명정부를 차린 그는 세계 각국을 순방하며 티베트의 인권상황을 알리고 독립을 호소, 1989년 노벨평화상을 수상하였다. 중국정부는 그를 눈엣가시 같은 존재로 여기게 되었고 그가 방문하려는 나라에 대해 각종 외교적 압력을 가하고 있다.

달라이라마의 방한은 성사될 수 있을까. 가능성은 매우 높다. 또 성사되어야만 한다. 그는 민족과 종교, 체제와 이념의 장벽을 뛰어

넘어 세계 각국에서 존경과 신망을 받는 인물이다. 또 티베트 독립
운동을 주도하면서도 비폭력 평화주의를 강조해 마하트마 간디,
마틴 루터 킹 이래 최고의 지도자로 평가받고 있다.

정부당국은 그의 방한을 허용했을 경우 중국과의 외교적 마
찰을 우려하고 있다. 특히 오는 6월 역사적인 남북정상회담을
앞두고 있는 시점에서 중국과의 관계가 매우 중요한 것은 부정
할 수 없다. 그러나 이 문제는 국익을 저해하지 않는 범위에서
문화주권국가로서의 위상을 세울 수 있도록 지혜롭게 대처해야
한다.

일본의 경우 최근 정치활동을 할 수 없다는 조건으로 그의 여덟
번째 일본방문을 허용했다. 외무성 대변인은 "달라이라마의 방일
은 정치적 사안이 아니며, 비자발급 신청이 들어와 적법절차에 따
라 발급했으니 중국이 양해해달라"고 밝혔다. 우리도 학생단체,
종교단체가 정치인이 아닌 종교 지도자로서 그를 처음으로 초청
하는 것이니 일본의 경우를 참고할 필요가 있다. 최근 이정빈 외교
부장관이 한중외무장관회담에서 그의 방한에 대한 양해를 요청한
것으로 알려져 귀추가 주목되고 있다.

때마침 올해는 유엔이 정한 '세계평화의 문화해'이다. 달라이
라마, 넬슨 만델라, 고르바초프 등 노벨평화상 수상자들이 '선언
2000' 초안을 마련하고 생명존중, 비폭력, 지구보전운동을 펼치고
있다. 우리나라에서도 1백만 명 서명운동을 벌이고 있는 이 뜻 깊
은 해에 그가 방한할 수 있다면 더욱 반가운 일이다.

달라이라마가 부산과 서울, 해인사와 석굴암, 명동성당 등을 방문하면서 민족분단과 지역갈등으로 상처받고 IMF 경제위기로 고통받은 국민들에게 감동과 용기를 안겨줄 것을 기대해본다. (부산일보, 2000. 5. 1)

다종교 시대와 문화유산

   지난 1,500여 년 동안 머나먼 실크로드를 여행하던 지친 나그네에게 위안이 되었던 바미안석불의 모습을 이제 더 이상 볼 수 없게 되었다. 전 세계의 경악과 분노에도 불구하고 아프가니스탄 집권세력 탈레반은 다이너마이트로, 탱크로, 로켓포로 높이 53미터의 세계 최대석불을 공격해 한줌의 재로 만들어버렸다.

   코피 아난 유엔 사무총장을 비롯한 세계 각국 지도자들이 석불 파괴행위 중단을 촉구하고 해외반출을 설득한 데 이어 유엔안보리와 총회도 결의문을 채택하고 나섰지만 역부족이었다. 이슬람 근본주의에 사로잡힌 탈레반 지도자들은 불상이 이슬람교에 대한 모독이라며 '이교(異敎)문화재 숙청'의 당위성을 주장하고 있다.

   아프가니스탄 지역은 고대 인도의 불교문화가 서방으로, 그리스 문화가 동방으로 전해지는 동서 문화교류의 길목에 자리 잡아 간다라 미술의 발상지였다. 비록 종교나 민족이 다르다고 하여도 문화유산은 인류 공동의 자산이다. 국제적 고립에서 벗어나기 위한 탈레반정권의 극단적 행동이라는 분석이 있기도 하지만, 문화유산을 의도적으로 파괴하다니, 맹신(盲信)이 빚은 폭력이며 야만

적 행위에 다름 아니다.

종교적 교조주의가 빚은 문화유산 파괴는 물론 이번이 처음은 아니며 인류의 역사만큼이나 뿌리 깊다. 고대 이집트의 조각상 상당수는 기독교도에 의해 코가 깨졌다고 한다. 세계문화유산으로 지정된 두브로닉 고성(古城)은 지난 1991년 유고 내전 당시 세르비아 정교를 신봉하는 세르비아인들이 가톨릭을 믿는 크로아티아를 침공하는 바람에 일부 파손되었다. 인도의 아요디야에 있는 400년 된 이슬람사원은 힌두교 극단주의자들에 의해 파괴되었다.

우리나라의 경우 최근 들어 주요 종교지도자 간에 종교의 벽을 넘어서자는 화합운동이 활발하게 진행되고 있어 다행스러운 일이나, 광신자들에 의한 문화유산 파괴행위는 간헐적으로 발생하고 있다.

지난 1998년에는 107년 역사를 자랑하던 우리나라 최초의 서양식 성당인 서울 약현성당(사적 252호)이 방화로 소실되었으며, 같은 해 명동성당의 제단(사적 258호)이 도끼로 훼손되기도 했다. 사찰의 불상이 목 잘리거나 원인 모를 화재로 법당이 소실되기도 했으며 지난해에는 동국대 캠퍼스의 불상이 페인트 낙서로 훼손되었다.

경주 남산의 유물은 조선의 숭유억불 정책에 밀려 불상의 목이 달아나거나 코가 베이기도 했고 일제의 수탈이나 관리 소홀로 일부 훼손되었지만 아프간의 바미안석불에 비하면 비교적 온전한 편이다. 50여 계곡과 능선을 따라 절터 127곳, 불상 87체, 석탑 71

개 등 수천 점의 불교유물과 자연유물이 보전되고 있으니 신라 천년의 혼이 담긴 자연박물관이자 세계의 문화유산이라 할 만하다. 특정 종교의 신앙대상이라 하여 남산의 유물을 어찌 우리 문화유산이 아니라고 부인할 수 있겠는가.

절대성을 주장하는 각각의 종교는 그 세력을 팽창해가고 있으나 지구상의 평화는 왜 멀어져만 갈까. 종교라는 이름으로 비종교적 행위가 자행되어도 되는가. 종교 간의 대화는 불가능한 것인가.

지난해 8월 미국 뉴욕의 유엔본부에서 전 세계 종교지도자들이 모여 '밀레니엄 종교·영성 정상평화회의'를 개최한 것이나 유엔이 올해를 '문명 간, 종교 간 대화의 해'로 정한 것도 바로 이 같은 종교분쟁의 심각성을 반영한 것이다.

지난해 원불교 행사에 참석차 방한했던 독일의 석학 한스 큉 교수는 "위대한 도덕적 종교적 전통에서는 서로 공통점이 발견된다"고 전제하고 "모든 인류는 인간답게 대접받아야 한다는 사실과 내가 원치 않는 일을 남에게 하지 말라"는 것이 종교평화의 핵심적 원칙이라고 강조했다. 특정 종교의 우월성을 자랑하면서 타종교를 배격하는 것은 자신의 종교의 천박함을 뜻하는 것이다.

종교는 번창해도 인류의 행복은 여전히 요원하다. 큉 교수의 말처럼 종교 간 대화 없이는 종교 간 평화가 있을 수 없고, 종교 간 평화 없이는 문명 간 평화란 없다. 공멸만 초래할 뿐이다. 아프간 사태가 오늘의 인류에게 주는 교훈이다. (부산일보, 2001. 3. 12)

뺄셈의 정치,
종교 편향 논란

봉은사는 서울 강남 노른자위에 자리 잡은 사찰이다. 신라 원성왕 때 창건되었으니 1,200년이 넘었다. 조선 중종 때는 승과시(僧科試)가 치러져, 서산(西山)·사명(泗溟)대사가 등과했던 유서 깊은 곳이다. 추사 김정희가 70세에 구족계를 받고 여러 명작을 탄생시킨 곳도 봉은사였다. 이런 고찰(古刹)에서 지난 10일 '이명박 정부 규탄법회'가 열렸다. 평생 시위 현장에는 얼씬도 하지 않았을 스님들과 노보살들이 '오만 독선 거짓 2MB OUT'이라는 구호가 적힌 피켓을 치켜들었다. 지난 대선 때 이명박 후보를 찍었던 신도들도 "이럴 줄 몰랐다"며 배신감을 감추지 않았다고 한다.

불교계가 단단히 화를 내고 있다. 지난해 대선을 앞두고 이명박 후보가 당선됐을 경우 종교 편향이 현실화되지 않을까 불교계가 걱정했던 것은 사실이다. 개신교 장로인 이 후보가 서울시장 재임 중 "서울시를 하나님께 봉헌하겠다"는 극단적인 발언을 했기 때문이다. 이 후보 자신도 이런 과거사 때문에 대선 과정에서 '불심(佛心) 잡기'에 공을 들였다. 이 대통령이 취임 직후 이른바 '고소영 내각', 즉 고려대, 소망교회, 영남 출신 인사들을 대거 기용했을 때만 해도 불교계가 발끈하지는 않았다. 현직 목사가 청와대 요직에 발탁되고, 대통령이 목사를 청와대로 초청해 예배를 보아도 내색을 하지 않고 그냥 넘어갔다.

그런데 국토해양부의 대중교통정보 사이트인 〈알고가〉와 교육과학부의 인터넷 교육지리정보시스템에서 조계사, 봉은사 같은 사찰들을 빠뜨리고 교회와 성당은 상세하게 표기한 사례가 잇따라 발생했다. 청와대 관계자로부터 촛불집회 참가자들은 '사탄의 무리'라는 발언도 나왔다. 어청수 경찰청장이 유명 목사와 나란히 선 경찰 복음화 대회 포스터가 등장했고, 심지어 조계종의 총본산인 조계사에서 출타하려던 총무원장 지관스님이 경찰로부터 검문 검색을 당했다. 당초 '실무자 차원의 실수였겠지' 생각했던 불교계는 종교편향 사례가 거듭되면서 '아니 땐 굴뚝에 연기 나랴'는 의구심을 갖게 되었다. 불교계가 오는 27일 서울에서 50만 명이 참석하는 범불교도 대회를 갖기로 하자 청와대와 한나라당 관계자들이 사찰을 돌며 '불심 달래기'가 한창이라고 한다.

어찌 보면 불교계가 오해했을 수도 있고, 이 대통령이 '뜻밖의 악재'에 억울하게 시달린다고 할 수도 있다. 원인이야 어디 있든 불교계와의 갈등에 종지부를 찍어야 할 사람은 이 대통령 자신밖에 없다. 이 대통령이 직접 나서서 "나는 기독교를 믿지만, 나와 다른 종교를 가진 우리 국민들의 믿음을 존중한다"고 선언해야 한다. 나아가 "종교적 차이로 인한 어떤 차별도 없는 나라를 만들겠다"고 약속하면 해결될 일이 아니겠는가. 대통령의 개인적 신앙을 바꾸라는 것도 아니고, 정치의 종교적 중립성을 명시한 우리 헌법 20조의 정신을 확인하고 다짐하면 되는 일이다. 불교계도 어청수 청장의 사퇴나 촛불시위 구속자 석방과 수배 해제 같은 지나치게 정치적이며 세속 법질서를 해치는 무리한 요구는 거둬들여야 한다.

이 대통령이 취임 이후 자주 거론했던 용어가 '섬김'과 '하심 (下心)'이었다. 섬김이 상대를 높이고 그를 따르겠다는 기독교 용어라면, 하심은 스스로 마음을 비워 겸손해지겠다는 불교 용어다. 어원과 표현은 달라도 결국 같은 말이다. 문제는 실천이다. 이 대통령은 촛불집회가 한창이던 지난 6월 청와대 뒷산에 올라 광화문 거리를 뒤덮은 촛불을 보며 뼈를 깎는 반성을 했다고 말했다. 국민의 마음을 다시 얻으려는 애절한 고백이었다. 그런데 그날 이후 국정 운영이 어떻게 달라졌는지 궁금하다. '나는 열심히 일하고 옳은 길을 가고 있으니, 모두 나를 따르라'는 방식의 리더십에서 어떤 변화가 있었는지 되돌아보았으면 한다. 옛 사람들은 '덕이 재주를 이긴다(德勝才)'고 했다. 지도자가 크게 버리고 크게 비우는 덕을 실천해야 민심을 얻을 수 있다.

남과 북이 등 돌린 나라에서 동과 서로 나뉘고 보수와 진보로 갈라선 지 오래다. 그것도 모자라 이젠 종교 때문에 편 가르기를 한다면 나라꼴이 어찌 되겠는가. 이 대통령은 취임 초 경제 살리기와 국민통합을 가장 강조했다. 그런데 최근의 종교편향 논란은 국민을 갈가리 찢어놓는 '뺄셈의 정치'일 뿐이다. 정치가 종교를 등에 업고 표를 얻으려 하거나, 종교가 정치에 편승해 세를 키우려는 탐욕심을 버려야 한다. 정치든 종교든 국민의 마음을 얻고 국민을 감동시키는 게 '존재의 이유'가 아닌가. (부산일보, 2008. 8. 22)

먼 구름 한형석 선생님의
빈자리

우리는 대한 독립군

조국을 찾는 용사로다

나가 나가 압록강 건너

백두산 넘어가자……

벌써 30여 년 전인 대학 신입생 시절, 나는 그야말로 멋(?)모르고 이 노래를 불러댔다. 제목은 〈압록강 행진곡〉. 대학 동아리의 초대 지도교수님이 작곡한 항일 독립군의 군가라는 정도만 알았을 뿐이다. 선배들로부터 꾸지람을 듣고 기합을 받으며 연습했건만, 우리 팀은 대학 축제의 합창대회에서 예선 탈락하고 말았다. 그것도 양복과 넥타이를 맨 정장 차림이라야만 무대에 오를 수 있다고 하기에 이웃집 아저씨의 양복을 간신히 빌려 입고 나간 보람도 없이 말이다.

먼 구름 한형석 선생님. 한 선생님은 늘 베레모를 쓰고 검정색 뿔테 안경을 꼈으며, 굵은 파이프를 입에 물고 계셨다. 어떤 모임에서나 별 말씀 없이 과묵했다. 철부지 같은 제자들의 이야기에도 귀 기울이면서 그저 빙그레 웃으실 뿐이었다. 선생님의 성품은 대학 강단에서 퇴직한 이후에도 마찬가지였다고 한다. 지인(知人)들과 중앙동 뒷골목 술자리에 어울리시면, 아무 말 없이 술잔만 들 뿐이었다. 중요무형문화재였던 천재동 선생님 같은 분이 "형님, 말씀 좀 하세요"라고 권하면, 〈압록강 행진곡〉 같은 독립군가를 한 곡조 뽑으셨다는 것이다. 선생님 스스로는 자식들에게조차 독립운동 당시의 활약상을 자랑하지 않았던 분이기에, 목로주점에 함께 있던 손님들은 낯선 노신사의 독립군가를 듣고는 의아했을 것이다.

1910년 부산 동래에서 태어나신 선생님께서 중국과 인연을 맺은 것은 불과 다섯 살 때였다. 중국에서 의사 생활을 하며 독립운동에 관여했던 남편(한홍교 선생)을 찾으러 간 어머니의 등에 업혀 대륙을 처음 밟았다. 상하이 신예예술대학과 중국국립음악원에서 수학한 선생님은 부친이 귀국한 이후에도 홀로 남아 예술을 통한 구국활동을 전개하였다. 출연진이 300여 명에 달하는 항일가극 〈아리랑〉과 〈승리무곡〉을 작곡하고 공연했으며, 산둥성의 여학교 재직 중에 지은 〈신혁명군가〉는 중국의 전군에 보급될 정도였단다.

중국군에서 중령 계급까지 진급했던 선생님은 철기 이범석 장군이 이끌던 광복군 제2지대에서 예술부장을 맡아 〈조국 행진곡〉이나 〈아리랑 행진곡〉, 〈출정〉 같은 독립군가를 짓고 중국어로 된

가무극을 여러 편 세상에 내놓았다. 고향산천을 떠나 이역만리에서 일본군과 싸워야 했던 독립군들의 사기를 드높였던 게 선생님이 창작하신 독립군가였음은 두말할 나위가 없다. 예술을 통한 구국운동이었다. 〈압록강 행진곡〉의 가사 가운데 이런 대목이 있다. "등잔 밑에 우는 형제가 있다/ 원수한테 밟힌 꽃 한 포기 있다/ 동포는 기다린다/ 어서 가자 조국에." 세상에 나온 지 70년 가까운 세월이 흐른 이 노래는 지금 들어도 눈시울이 뜨거워지고 가슴이 용솟음친다.

광복 이후 고향인 부산에서 먼 구름 선생님의 '보폭'은 훨씬 넓어졌다. 일찍이 중국에서 전쟁고아와 불우 아동을 위한 '중국아동극단'을 설립했던 선생님은 1953년부터 2년 동안 부산에서 '자유아동극장'을 창설, 500여 회나 공연하였다. 또 '색동야학원'을 세워 전쟁 통에 거리에서 떠돌던 청소년들에게 희망의 싹을 틔우게 하였다. 선생님은 당시로서는 거액이었던 사재(私財)를 털어 광복동의 한 건물을 수리하여 극장을 세웠으나 얼마 지나지 않아 어느 미군 장교의 실화로 극장은 소실되고 말았다. 선생님은 보상 한 푼 받지 못하였으나 그 어느 누구도 원망하지 않았다고 한다.

먼 구름 선생님은 그의 조국애나 예술혼 못지않게 인간적 풍모에서 주변 사람들로부터 흠모의 대상이 되었다. 선생님께서 대학 급료로 받은 돈으로 사모님이 쌀 포대라도 집안에 들여놓으면 금세 사라져버렸다고 한다. 선생님께서 걸인이나 빈민들에게 가져다주었기 때문이다. 약 30여 년 전에는 대학 외부 강의를 나가셔서

가욋돈이라도 생기면 광복회 사무실에 찾아와 "애국지사들의 자제는 왜 이리도 못사느냐" 면서 주머닛돈을 내놓으셨다. 선생님이 기탁했던 그 몇 만 원, 몇 만 원이 오늘날 광복장학회의 종자돈이 되었다고 부산광복회 조범래 회장은 전한다.

선생님은 광복 직후 국무총리가 된 이범석 장군이 문화예술 분야 고위직을 제의했을 때 단호히 거절했다고 한다. "자리를 얻으려 독립운동을 한 것은 아니었다"고. 대학 졸업 이후 선생님을 뵙지 못했던 나는 어느 해 조부모님께서 잠들고 계신 양산의 솥발산 공원묘지에서 '애국지사한형석지묘'라는 비석을 우연히 목격하게 되었다. 향을 피우고 술잔을 올리지도 못한 체 그저 고개 숙여 예를 갖추었을 뿐이다. 내년이면 선생님의 탄생 100주년. 마침 기념사업회가 발족하여 다양한 행사를 준비하고 있다. 세상 사람들이 몰라주어도 말없이 빙그레 미소 지으셨던 어른. 선생님, 당신의 빈자리가 너무 커 보입니다. (부산일보, 2009. 12. 4)

아, 오현명 선생님

　음악을 잘 모르는 사람이 음악에 대해, 그것도 웬만한 수준이 아니면 이해하기 어렵다는 클래식 음악에 대해 이러쿵저러쿵 이야기하기가 쑥스럽다. 다만 음악 세계가 아니라 한 인간의 향기를 전할 수 있다면 하는 바람에서 용기를 내본다. 다름 아니라 엊그제 향년 86세로 타계하신 성악가 바리톤 오현명 선생님에 관한 얘기다.

　내가 그 어른을 뵈었던 시간은 1박 2일에 불과했다. 지난해 9월 첫 토요일 해질녘 경남 함양 상림 숲에서 열린 '함양 인산 국제 가곡제'에서 오 선생님의 연주를 들었고, 이튿날 서울 댁으로 돌아가시기 전 30여 분 자리를 함께했을 뿐이다. 함양의 상림 숲은 통일신라 말기 최치원 선생이 홍수와 가뭄을 예방하기 위해 조성했던 인공 숲인데, 이제는 천연기념물로 지정됐을 정도로 함양의 자랑거리가 되었다. 가곡제를 주최했던 이는 공공기관이나 대기업이 아니라, 대체의학 연구와 개발 분야에서 선구자라고 일컬어지던 인산(仁山) 김일훈 선생의 셋째 아드님이었다.

　그날 무대에는 중국과 일본에서 온 동포 성악가와 서울의 유수한 대학에 재직 중인 교수들이 출연했다. 하지만 오 선생님이 단연 주인공이었다. 행사 마지막에 주최 측이 수여하는 '제1회 인산 가곡상'을 받으면서 "제가 문화훈장을 비롯해 상이라는 상은 많이 받았지만, 경남 한 시골의 가곡 팬들이 저에게 주시는 최초의 가곡 상이라고 생각하니 너무나 감격스럽다"고 인사했다. 그러고는 답가로 〈그 집 앞〉을 들려주었다. 진주, 창원, 대구, 부산, 멀리는 서울에서 찾아온 팬들이 함께 따라 부르면서 눈시울을 적셨다. 간암으로 투병 중이던 팔순이 훨씬 넘은 노장이 귀뚜라미 울음소리 들리고 반딧불이가 날아다니던 천년 숲 속에서 생애의 마지막 무대를 장식했던 것이다. 전성기 시절 1층에서 노래하면 3층까지 공명이 울렸다던 그 성량은 아니었지만, 가슴에서 가슴으로 전해준 감동 그 자체였다.

오 선생님이 즐겨 불렀던 가곡 〈명태〉는 6·25 전쟁의 산물이라고 한다. 종군 장교로 참전했던 오 선생님은 1951년 낙동강 전투가 한창이던 대구 부근의 한 참호에서 종군 장교 양명문 시인으로부터 넘겨받았던 시를 두 작곡가에게 건네주었다. 연락장교였던 변훈 선생과 종군 장교였던 김동진 선생에게였다. 이듬해 변훈 선생의 〈명태〉가 부산의 시민극장에서 오 선생님에 의해 초연되었다. 서로 이야기를 주고받듯 대화체로 이뤄진 이 곡에 대해 당시의 평론가들은 혹평하였다고 한다. 그리고 이 일은 변훈 선생이 음악계를 떠나 외교관의 길로 돌아간 계기가 되었다.

가수 조영남 씨는 2004년 10월 부산일보에 게재한 「고마운 스승님」이라는 제목의 칼럼에서 오 선생님과의 일화를 들려주었다. 울산 대운산 자락의 대운암에서 열린 산사음악회에서 주최 측이 자신을 처음 순서에, 오 선생님을 마지막으로 정했던 출연 순서를 오 선생님이 바꿨다는 것이다. 오 선생님은 최종 출연자가 주인공 대접을 받던 관행을 고려하여, "영남아, 사람들이 네 노래를 더 좋아할 것 아닌가"라며 미안해하지 말라 했다고 술회했다. 두 사람의 인연은 세월을 훨씬 거슬러 올라가야 한다. 서울대 음대 학생이었던 조영남 씨가 미8군 무대에 출연하여 대중가요를 불러댔다. 당시 서울 음대 교수들은 정통 성악을 공부하던 그가 이른바 '딴따라 무대'에 나섰다는 이유로 징계하려고 했다. 오 선생님은 학비라도 벌려고 나간 제자를 징계할 순 없다며 스스로 서울대 교수직을 떠나고 말았다. 그러면서 제자에게 "영남아 괜찮아, 네 하고 싶은 대로 하라우"라며 격려했다는 것이다.

평안북도 철산 출신에 만주 용정에서 성장했던 오 선생님은 부산과는 유달리 인연이 깊었다. 가곡 〈명태〉를 부산에서 초연한 이듬해, 부산 남성여고 강당에서 첫 독창회를 가졌다. 그것도 갑작스런 정전 때문에 촛불을 켜놓고 강행했다고 한다. 선생님이 경남여중 교사를 하시다 서울로 가실 때 학생들이 길가에 길게 줄을 서서 박수를 치며 석별의 정을 나누었다. 게다가 2003년 데뷔 50주년 기념이자 마지막 독창회를 가진 무대도 부산문화회관이었다. 이태리 가곡이나 아리아를 불러야 성악가로 대접받던 시절에 선생님은 우리 가곡을 너무 사랑했고 창작가곡의 보급에 열정을 바쳤다. 선생님은 '한국 가곡의 전도사' 또는 '가왕(歌王)'이라고 불리었으나, 자신은 '노래의 나그네'라고 자처했다. 일찍이 부인을 저세상으로 보낸 뒤에도 홀몸으로 지내면서 17평 아파트에서 나그네 길을 접었다. 가곡은 물론 동요조차 듣기 힘든 요즈음 누가 선생님의 뒤를 이을 것인지 안타깝다. (부산일보, 2009. 6. 26)

왜 사느냐고 묻거든

노무현 전 대통령이 홀연히 우리 곁을 떠나갔다. 수만 송이 하얀 국화꽃과 노란 리본, 검은 만장을 뒤로 하고 총총히 가버렸다. 봉하마을을 찾은 100만 추모객의 애도와 슬픔도 저버린 채 머나먼 길을 나섰다. '당신을 지켜드리지 못해 죄송하다'는 노사모 회원들의 안타까움도 때늦은 일이었다. 마치 어떤 선승(禪僧)이 열반송을 남기듯, "삶과 죽음은 하나"라며 "원망하지 말라"고 남은 사람들에게 당부했다. 김열규 교수의 책 제목처럼 '메멘토 모리', 이 죽음을 오래 오래 기억하지 않을 수 없다.

그 누구보다도 치열한 삶을 살았던 노 전 대통령에게 죽음이라는 단어는 너무나 어울리지 않았다. 이승에서 도전하고 쟁취해야 할 것들이 너무 많았기에 저승이란 아득히 먼 훗날의 얘기로만 여겨졌다. 그런데 그게 아니었다. 죽음은 지금 이 순간에, 바로 우리 곁에서 그 그림자를 드리우고 있음을 깨닫게 되었다. '북망산천 멀다더니 문전 앞이 거기로다'라는 상두노래가 있지 않은가. 서산대사는 세상을 떠나면서 남긴 열반송에서 "삶이란 한 조각 구름이 일어남이요/ 죽음이란 한 조각 구름이 사라짐(生也一片浮雲起/死

也一片浮雲滅)"이라고 했다. 삶과 죽음이 본디 실체가 없는 허망한 것이라면 우리는 어떻게 살아야 하며 어떻게 죽어야 하는지 고심하지 않을 수 없다.

연출가 이윤택 씨가 야심차게 차린 출판사 '도요'에서 첫 책이 며칠 전에 발간됐다. 김해 산골 마을로 귀향한 주정이 화백의 산문집 『적막』이다. 저자는 자신의 일상과 주변의 이야기를 마치 물 흐르듯 편안하게 전하면서, 판화 작품과 시골 풍경 사진을 함께 담았다. 평소 불의를 참지 못하는 대쪽 같은 성정이던 주 화백이 어찌 이렇게 독자를 편안하게 하는 산문집을 펴냈는지 놀랍기만 했다. 우리네 토종음식이 곰삭을 대로 곰삭아야 제 맛을 내듯이, 10년 가까운 전원생활의 '내공(內功)'이 쌓였던 데다 세월이 안겨준 연륜 때문이리라 짐작된다.

책이 나오자마자 친필 서명하여 보내준 후의에 대해 훗날 인사를 하더라도, 우선 정성들여 찬찬히 들여다보는 것이 예의일 것이다. 그런데 「누가의 복음」이라는 짧은 글이 눈에 띄었다. 자정이 다 된 시간 목로주점에서 술잔을 기울이고 있는데, 누가 전화를 걸어왔다는 것이다. 전화를 걸어온 그 사람은 대뜸 "선배는 왜 살아요"라고 물었다고 한다. 이미 취기가 올랐던 주 화백은 얼렁뚱땅 이렇게 답을 했다는 것이다. "살아 있으므로 앞산의 아까시 향기 맡을 수 있고, 살아 있으므로 산기슭의 산대 부비는 바람소리 들을 수 있고, 꼬부랑 산길을 어슬렁어슬렁 산보할 수 있고……." 그러면서 개똥밭에 굴러도 저승보다는 이승이 낫다는 옛말도 잊지 않고 덧붙였다.

권력과 명예, 그리고 부를 둘러싸고 아귀다툼을 벌이는 서울을 떠나 고향 봉하마을로 돌아온 노 전 대통령이 끝끝내 '서울의 굴레'에서 벗어나지 못한 게 아쉽기만 하다. 생가 옆에 평생 거처할 새집을 마련하고, 오리농법으로 벼농사를 지으며, 환경운동을 펼치려고 이곳저곳으로 견학 다녔던 노 전 대통령이 아니던가. 밀짚 모자를 쓰고 이웃 촌로(村老)들과 막걸리 잔을 나누며, 손녀의 재롱에 즐거워해야 할 분이 왜 이승을 버려야만 했는가. 시난날의 측근들을 만나 옛이야기를 나누며 조언을 하고, 회고록을 집필해 후세에 교훈을 남겨야 할 분이 아닌가.

나는 고인(故人)과 별 인연이 없다. 단 두 차례 만났을 뿐이다. 1988년 변호사 노무현을 부산일보사에서 만났던 데 이어, 1999년 국회의원 배지를 뗀 노무현을 부산의 한 음식점에서 만났다. 어떻게 지내느냐고 물었더니 현역 의원은 아니지만 굉장히 바쁘게 지낸다고 했다. 김대중 정부 시절 여당의 호남지역 지구당 행사마다 연사로 초청받아 가느라고 일정이 빡빡하다는 것이었다. 그러면서 차기 대선에 도전할 뜻을 은근히 내비쳤다. 당시로서는 무척 놀라운 발언이었다. 부산시장 선거, 국회의원 선거에 낙선한 사람이 대권을 꿈꾸다니. 하지만 세상 사람들이 불가능하다고 여겼던 일을 그는 기어코 해냈다. 노란 풍선과 돼지 저금통으로도 '기득권의 벽'을 허물었다. 그때까지는 많은 젊은이들의 영웅이었고 우상이었다.

그러나 그는 5년 동안 끝없이 싸우고 도전했지만 상처투성이가 되었다. 그리고 고향으로 돌아와 부엉이 바위에서 저세상으로 가는 '반야용선'을 타고 말았다. 생명보다 더 소중한 가치는 없는데, 참으로 안타까운 일이었다. 누가 왜 사느냐고 물으면, 당나라 시인 이백(李白)처럼 말없이 빙그레 웃어줬어야 했다. 사랑도 미움도 없고, 열렬한 지지나 격렬한 반대도 없는 저세상에서 편히 쉬시길 바란다. (부산일보, 2009. 5. 29)

DJ-YS가
손을 잡았더라면

　1,300여 년 전 한반도와 중국 대륙 일부에 걸쳐 있던 세 나라 가운데 동남쪽 끝자락에서 겨우 명맥을 유지하던 신라가 삼국정립(鼎立)을 끝낸 주인공이 된 것은 미스터리의 하나다. 수나라, 당나라 대군을 물리치면서 대륙을 호령했던 고구려에 비해 신라는 조그마한 변방에 불과했기 때문이다. 한반도의 서남쪽을 차지했던 백제도 신라의 여러 성을 공략했고, 한때 한강 유역을 영토로 삼을 정도로 강성했다.

　신라의 진골(眞骨) 신분이면서 권력에서 소외됐던 김춘추와 금관가야 출신의 김유신의 만남이 '기적'을 연출한 것이다. 김춘추는 642년 백제 의자왕 군사의 공격에 의해 대야성(지금의 합천)의 성주였던 사위와 딸을 잃고 말았다. 김춘추는 백제에 원한을 품게되었다. 김춘추는 왜(倭)로, 고구려로, 당나라로 백제 침공을 위한 외교전을 펼쳤다. 고구려에서는 연개소문에 의해 옥에 갇히기도 했고, 당에는 아들 둘을 인질로 남겨두기도 했다. 결국 백제는 당나라 소정방이 이끄는 13만 군사와 김유신의 5만 군사에 의해 함

락됐다. 그 후 고구려는 연개소문의 오랜 독재로 인한 후유증과 내분으로 인해 허무하게 무너지고 말았다.

함석헌 선생은 『뜻으로 본 한국 역사』에서 "고구려의 죽음은 횡사(橫死)요 요사(夭死)"라며 "잘못 죽은 것"이라고 했다. 그러면서 "신라의 통일은 과한 값을 주고 샀으나 보잘것없는 것"이라고 폄하했다. 신라가 통일은 했으되 청천강 이북의 영토를 당나라에 빼앗겼고, 관제와 의복과 풍습을 당나라식으로 바꾼 것을 질타한 것이다. 민족사적 관점에서는 함 선생의 지적처럼 고구려의 패망이 안타까운 일이었으나 그만한 까닭이 있었기 때문이다. 역사는 아무리 어처구니없는 비극일지라도 의미가 없는 게 없다.

까마득한 옛날이야기를 꺼내든 까닭은 한국 현대 정치사의 유령과 같은 지역주의의 뿌리가 혹시 삼국통일 과정에서 비롯된 것은 아닐까 하는 노파심에서다. 자료를 찾아보니 의심스러운 구석이 또 있다. 후삼국을 통일한 고려 태조 왕건이 세상을 떠나면서 남긴 '훈요십조(訓要十條)'가 등장한다. 그 가운데 제8조 "차현의 이남과 공주강 밖 사람들에게는 벼슬을 주지 말라"는 대목이 그것이다. 이 대목은 차령산맥과 금강 이남, 즉 오늘날의 호남 땅은 배역(背逆)의 기운이 짙으니 그 출신을 등용하지 말라는 의미로 해석되어왔다. 그러나 여러 학자의 연구에 의하면 차령과 공주강 밖이 오늘날의 호남이 아니라 충청도 일부 지역이라는 것이다. 태조 왕건 당시 그 지역 후백제인들의 항거가 잦았기 때문이라고 한다. 왕건 이후 고려의 여러 왕들이 호남 출신을 벼슬에서 배척하지 않고 중용했음을 그 근거로 내세우고 있다. 훈요십조가 지역차별의 뿌리라는 곡해(曲解)는 일제 식민사학자들에 의해 조작됐다는 주장이다.

오늘날의 지역 갈등은 군부 출신 영남 인사들이 오랜 기간 정권을 장악하는 과정에서 야기되었다는 지적도 적지 않다. 정권의 수혜자와 피해자 사이에는 갈등이 빚어지게 마련이고, 선거를 통해 더욱 증폭될 수밖에 없다. 특히 5·18 광주민주화운동 과정에서 그 갈등은 절정에 이르게 되었다. 다른 한 편으로는 1987년 대통령 선거 과정에서 김대중(DJ), 김영삼(YS)이라는 민주 진영의 유력한 두 후보가 끝내 단일화를 이루지 못하고 결별함으로써 지역 갈등을 더욱 심화시켰다고 할 수 있다. 당시 YS가 광주에서, DJ가 부산에서 집권당 노태우 후보보다 훨씬 더 수모와 봉변을 당했던 기억이 아직도 생생하다. YS가 3당 합당을 통해 집권세력과 손을 잡음으로써 두 사람 사이에는 건널 수 없는 강이 놓이게 되었고, DJ의 집권 이후 대북 햇볕정책이 단행돼 이념갈등마저 격화되었다.

YS가 DJ의 병실을 찾아 화해를 선언한 지 열흘도 안 돼 DJ는 세상을 떠났다. 민주화와 민족화해를 위한 DJ의 정신과 노력은 마땅히 이어받아야 한다. 그러나 DJ 자신이 원했든 원하지 않았든, 그의 시대에 야기됐던 지역 갈등을 어떻게 해소해야 할 것인가. 이명박 대통령도 광복절 경축사에서 사회통합을 위한 선거제도 개혁을 역설했고, 정치권에서도 DJ 서거 이후 지역과 이념 갈등의 치유를 한목소리로 외치고 있다. DJ가 문병 왔던 YS의 손을 맞잡고 함께 화해를 외치지 못했던 게 못내 아쉽다. 머지않아 공개될 그의 일기나 자서전에라도 화해의 메시지가 나왔으면 하는 바람이다. (부산일보, 2009. 8. 21)

정해진 운명은 없다

직장엔 웃음이 사라진 지 이미 오래, 퇴근길 스트레스 풀려고 들른 소줏집엔 신세타령 넋두리만 가득하다. 거리엔 풀죽은 사람들이 버스를 기다리느라 목을 빼고 있고, 집에 돌아와도 그나마 위안이었던 아이들의 재롱도 구경하기 힘들다.

꼭 10년 전에 썼던 칼럼의 일부분이다. IMF 경제위기가 쓰나미처럼 한국 사회를 덮쳤을 때 일이다. 그리고 10년 세월이 흘렀지만 그때나 지금이나 우리 사회의 모습은 별로 달라지지 않았다. 송년 모임마다 "희망을 노래하자"며 애써보아도 한숨소리는 잦아들지 않는다.

어제 발행된 부산일보에는 '깊어가는 불황 늘어나는 노점'이라는 르포 기사가 특집으로 실렸다. 자영업을 하던 중산층들이 경기 부진으로 문을 닫게 되거나 일용직에 종사하던 사람들이 일자리를 잃게 되자, 투자비용이 그리 많지 않은 노점상으로 나섰다는 것이다. 또 이런 기사도 있었다. 2009년 부산일보 신춘문예 작품을 공모한 결과 죽음, 자살, 청년실업, 노숙자, 노인문제, 도둑 등 음울한 세대를 반영한 작품이 주류를 이루었다. 심사위원들은 10년 전 IMF 때와 유사한 경향이라고 입을 모았다고 한다.

험한 세상을 살아가다 보면 세상을 탓할 때가 적지 않다. 하는 일마다 꼬인다는 머피의 법칙이 아니라, 순풍에 돛 단 듯 일이 잘 풀리는 셀리의 법칙은 왜 내게 적용되지 않을까 원망스러울 수 있다. 얼마 전에는 부산의 한 여중생이 자신의 혈액형을 비관해 스스로 목숨을 끊었다고 한다. 엄마와 다툰 뒤 "A형이 원래 그렇잖아요. 잘 못 잊잖아요"라는 유서를 남겼다는 것이다. 혈액형 때문에 왜 소중한 목숨까지 던져야 했는지 안타깝다. 혈액형에 따른 성격이나 궁합, 투자 패턴, 패션, 연애 방식 등을 다룬 인터넷 사이트와 마케팅이 유행한다는 소식도 있다. A형이면 늘 이렇고, B형이면 항상 저렇다는 무슨 법칙이라도 있다는 말인가.

중국 명나라 때 원황(袁黃, 1533~1606)이라는 사람이 있었다. 그는 일찍이 아버지를 여의고 어머니로부터 의술을 공부하라는 당부를 받았다. 어느 날 우연히 공(孔)선생이라는 노인을 만났는데, 그는 원황의 앞날을 현미경 보듯 내다봤다. "현(縣)에서 보는 동생(童生)고시에 열네 번째로 합격하고, 부(府)에서 보는 시험은 71등으로 합격하고, 성(省)에서는 9등을 할 것이다"라고 했다. 뿐만 아니라 몇 년 뒤에는 무슨 벼슬을 하며, 어느 해에는 관직을 마치고, 몇년 몇월 몇일에는 운명할 것이라고도 했다. 신통하게도 원황의 삶은 공선생이 예견한 대로 시험 합격 등수뿐 아니라 녹봉까지 그대로 들어맞았다. 원황은 이로 말미암아 나아가고 물러남이 운명이라고 확신하게 되었고, 더 이상 뭘 얻으려 하지 않았다.

원황이 36세이던 때 난징(南京)에 있는 서하산에서 운곡(雲谷) 선사와 마주앉아 사흘 밤낮을 눈을 붙이지 않고 정좌(靜坐)했다. 운곡선사가 놀라 "당신은 평범한 사람인데 어찌 잡념망상을 일으키지 않는다는 말이오"라고 물었다. 그러자 원황은 "나는 공선생이 계산해놓은 일정한 때와 운수대로 살고 있으니 망상할 건덕지가 없습니다"라고 답했다. 그러자 운곡은 "나는 그대를 호걸로 알았는데 이제 보아하니 범부에 불과하였구려"라고 나무랐다. 그러면서 "운명은 나 스스로 짓는 것이고, 복은 자기에서 구하는 것(命由我作 福自己求)"이라고 충고했다. 원황은 그때부터 달라졌다. 자신의 공적과 과오를 일일이 기록하며 점수를 매겼다. 점수가 부족하다고 느껴지면 더 큰 선업을 쌓았다. 관직에 머무르면서 백성을 먼저 생각하게 되니 민심을 잃을 리 없었다. 결국 공선생이 예언했던 53세에 세상을 떠나기는커녕 69세에 자서전 『요범사훈(了凡四訓)』을 남겼고, 73세에야 운명했다.

요범은 평범함을 마쳤다는 의미다. 험한 세상에서는 비상해야 살아남을 수 있다. 그 비상이란 특별하고 특이함을 뜻하는 것이 아니라 기본에 충실해야 한다는 말이다. 숙명론에 길들여졌던 원황이지만 그는 자신의 운명을 스스로 극복한 것이다. 운곡선사가 원황에게 말한 요지는 불가(佛家)의 '어떠한 악도 짓지 말고, 모든 선을 받들어 행하라(諸惡莫作 衆善奉行)'는 것이었다. 이는 주역에서 말하는 '적선지가 필유여경(積善之家 必有餘慶)'이나 기독교의 '두드리라, 그러면 열릴 것이다' 라는 가르침과도 같은 맥락이다. 오늘 춥고 어둡다 할지라도 내일은 내일의 태양이 또 뜬다. 다만 내일을 준비한 사람만이 그 태양을 맞이할 것이다. (부산일보, 2008. 12. 19)

죄수를 재상에 앉힌
포용력

　설 명절이 열흘 앞으로 성큼 다가왔다. 가족, 친지, 고향친구들이 한자리에 모이면 극심한 경제위기에 대한 걱정들이 이어질 것이다. 자네 회사는 괜찮은가, 아무개는 잘렸다던데, 사업은 잘 되는가 등 안부를 주고받을 테다. 민생이 어렵다 보면 나라의 지도자들을 원망할 수밖에 없다. 나라 살림을 잘못 꾸린 장관들과 정치인들이 '술안주거리'가 될 것이다. 이 땅에 인물이 그리 없느냐는 푸념도 나올 만하다.

　중국 춘추전국시대 중원을 호령했던 다섯 제후, 즉 춘추 5패(覇) 가운데 첫째인 제환공은 인재를 알아보고 중용할 줄 알았다. 제환공이 관포지교(管鮑之交)의 주인공으로 후세에 알려진 관중을 만난 과정은 실로 극적이었다. 관중은 자신이 모시던 공자 규를 임금으로 옹립하기 위해 훗날 제환공이 된 공자 소백에게 화살을 쏘았다. 하지만 화살이 소백의 허리띠 쇠고리를 맞추는 바람에 소백은 구사일생하게 되었다. 훗날 임금 자리에 오른 제환공은 자신을 보필하던 포숙아의 강력한 추천을 받아들여 죄수 신세였던 관중과 천하대사를 논하였다.

제환공이 "어떻게 해야 백성을 능히 부릴 수 있습니까"라고 물었다. 관중은 "백성을 부리려는 자는 먼저 백성을 사랑해야 합니다"라고 대답했다. 제환공이 백성을 사랑하는 방법을 묻자, 관중은 임금이 백성과 연대하여 일을 하고 그 이익을 서로 나눠야 한다고 답했다. 두 사람의 문답은 사흘 낮 사흘 밤 동안 계속됐다. 제환공은 관중을 상국(相國)에 임명해 국가대사를 맡기고, 그가 추천한 인물을 모두 중용했다. 관중이 백성들의 생업을 돕고 군사를 훈련시키니 제환공이 중원을 호령하게 된 것은 당연지사였다. 제환공의 포용력이야말로 역사에 길이 남을 만했다.

인류 역사상 가장 큰 제국을 건설했던 '위대한 정복자' 칭기즈 칸도 마찬가지였다. 태평양에서 동유럽까지, 시베리아에서 페르시아 만까지 진출한 그의 제국은 분명 전쟁에 의해 쟁취되었다. 하지만 그가 무차별적으로 살육한 것은 아니다. 몽골과의 교역에 응하면 평화가, 이를 거부하면 전쟁이 이어졌다. 그는 인종과 종교를 차별하지 않았다. 이슬람이든 기독교든 불교든 모두 받아들였다. 서역의 문명과 중국 대륙의 문화도 수용했다. 건축, 의술, 수학, 점성술 등 그 어떤 분야든 외지의 전문가들을 받아들여 우대했다. 중국의 나침반과 화약 기술이 서방에 전래된 것도 이즈음이었다. 마르코 폴로가 『동방견문록』을 쓰게 된 것도 몽골 제국과 로마 교황청 사이의 교류의 산물이다. 전쟁은 몽골 특유의 '속도전'으로 치렀지만, 치세는 다민족 다문화를 포용하는 글로벌 제국을 지향했다. 1995년 〈워싱턴포스트〉가, 1999년 〈타임지〉가 칭기즈칸을 '지난 1천 년 동안 가장 중요한 인물'로 선정한 것은 결코 뜻밖이 아니다.

2천 년이 훨씬 지난 인물 제환공이나 700여 년 전의 칭기즈칸을 장황하게 언급한 까닭은 그들을 '옛 거울(古鏡)'로 삼고자 함이 다. 옛 거울이 비록 금이 가고 먼지가 묻었다고 하더라도 세상을 비추는 이치는 마찬가지라는 믿음에서다. 이명박 대통령 정부와 한나라당은 김대중, 노무현 정부 시절을 '잃어버린 10년'이라고 질타하며 집권했다. 그렇다면 '잃어버린 10년'을 되찾을 뿐 아니 라 한 걸음 더 나아가야 한다. 그런데 집권한 지 아직 1년도 채 되 지 않은 정부 여당에 대한 지지도가 얼마나 떨어졌는가. 그런 의미 에서 지난 1년이 또 다른 '잃어버린 세월'의 시작이 될까 두려운 심정이다.

개각 이야기가 나온 지가 어제오늘이 아니다. 가깝게는 한 달 전 부터, 멀리는 촛불집회가 한창이던 6개월 전부터 개각의 필요성이 거론됐다. 그런데 권력 심층부에선 아직도 미적거리고 있다. 경제 위기 극복을 위한 이른바 '속도전'은 이미 옛이야기가 되어버렸 다. 설 직후 개각을 하더라도 '강부자 내각'의 재판이 된다면, 이 정부는 결딴나고 말 것이라는 전망도 나온다. 이른바 '친위 내각' 도 좋고 '탕평 내각'도 좋다. 새로 발탁된 인사들이 과연 국민과 소통하고 국민의 신뢰를 얻을 수 있는 인물이냐가 관건이다. 이 땅 에 인재가 없음을 한탄하지 말고, 인사권자가 열린 마음으로 대한다면 얼마든지 찾을 수 있다. 관중의 말을 한 번 더 들어보자. "현명한 사람을 쓰지 않는 것이 패업(霸業)에 방해가 되고, 임명하고서도 신임하지 않는 것이 패업에 방해가 됩니다." 사람 살아가는 이야기는 2천여 년 전이나 지금이나 마찬가지가 아닌가. 그래서 잠시 옛 거울을 들여다봤다. (부산일보, 2009. 1. 16)

막사이사이를 그리워하며

    얼마 전 필리핀의 정정(政情)이 요동치더니 태국도 심상찮다. 상당수 아시아 국가들이 민주주의와 경제발전이라는 두 마리 토끼를 잡고자 하나 정치 불안은 그치지 않고 있다. 지도자 탓인가, 국민성 때문인가.

    1986년 2월 필리핀의 1차 '피플 파워'로 마르코스 대통령의 20년 독재가 무너졌을 때, 전두환 정권 아래서 숨죽여왔던 한국의 신문들이 '민주주의의 승리'니 '시민 혁명'이니 하는 제목을 내걸고 대서특필하면서 대리만족을 얻었던 기억이 생생하다.

    피살된 야당지도자 베니그노 아키노 의원의 부인 코라손 아키노와, 한때 그를 지지했던 군 출신의 피델 라모스가 연이어 집권했으나 필리핀의 국정개혁과 경제발전은 기대에 미치지 못했다. 1998년에는 영화배우 출신 조지프 에스트라다가 대통령에 당선되는 신화를 창출했다. 그러나 그는 부정부패 혐의로 탄핵절차가 진행되던 중 2001년 2차 '피플 파워'로 불리는 대규모 시위가 발발하자 결국 사임하고 말았다. 경제학 교수 출신인 부통령 글로리아 아료요는 대통령직을 승계한 뒤 2004년 5월 대선에서 승리했다.

하지만 그녀도 개표부정 개입 의혹과 가족들의 뇌물 스캔들이 잇따라 터져 나오면서 사임 요구에 부딪혀 비상사태를 발동한 상태다.

필리핀에 장기 독재자나 부패하고 무능한 지도자만 있었던 것은 아니다. 1940~50년대, 청렴결백하고 근면 검소하며 민중과 동고동락했던 막사이사이가 있었다. 막사이사이는 일본군이 침략했을 때 항일유격대의 지도자로서 사선(死線)을 넘나들었으며, 고향의 군정장관과 국회의원을 맡았을 때는 늘 고통받는 이웃들과 함께했다. 1945년 막사이사이가 국회의원에 처음 출마했을 때, 과거 유격대 동료 대원들이 선거운동용 자동차를 구입하는 데 보태라면서 눈물 어린 성금을 보내오자 그는 "결코 나를 돕는 길이 아니다"라면서 단호하게 거절하였다.

1950년 국방장관 시절 암살 위험을 무릅쓰고 공산당 지도자와의 심야 단독회동 끝에 그를 설득해 마닐라 시내 공산당 조직을 와해시켰으며, 대통령이 만류함에도 부패한 군부를 대대적으로 숙정하는 배짱과 용기를 지녔다. 대통령에 당선된 막사이사이는 취임식 날 관용차인 크라이슬러 리무진을 이용하지 않고 중고차를 빌려 타고 입장할 정도로 검소했다. 반대파들이 무식하다고 비판하면, "나는 책으로 정치를 하지 않고 인격으로 정치한다"며 자신감을 잃지 않았다.

막사이사이는 대통령 신분이면서도 반대파 인사들의 집을 일일이 찾아다니면서 애국심에 호소하고 대화로 설득하였다. 가난한 농민들을 위해 농지개혁법을 입안하였으며, 공직사회의 부패를 척결하기 위해 공직자 재산공개제도를 시행하였다. 대만과의 외교마찰을 불사하면서 '소매상 국유화' 제도를 도입해 중국인들이 장악했던 소매상을 자국인들에게 넘겨주었다.

　1957년 불의의 비행기 추락사고로 막사이사이가 세상을 떠난 지 벌써 반세기. 일본에 이어 아시아 2위의 경제 선진국이었던 필리핀은 후퇴하고 있다. 1980년 1인당 국민소득 608달러에서 2000년에는 988달러로, 물가상승률을 감안하면 나아진 것이 전혀 없다. 국민들은 150대 가문(家門)이 좌지우지하는 정치에 염증을 느끼고 있으며, 국가 예산의 70% 이상을 외채 상환에 쏟아 부어야 하는 경제에 골병을 앓고 있다. 일요일이면 홍콩의 센트럴에서 자리를 깔고 친지를 만나던 10만여 명의 필리핀 출신 가정부들이 이제는 싱가포르로, 중국으로, 심지어 한국으로 향하고 있다. 대학을 나온 전문직 여성들이 자국에서 취업을 하지 못해 해외에서 가정부로나마 외화벌이를 해야 하는 실정이다.

　눈덮인 들판을 걸을 때
　모름지기 함부로 걷지 마라
　오늘 내 발자취는
　뒷사람의 길이 되리니
　(踏雪野中去 不須胡亂行 今日我行跡 遂作後人程)

3월 초하룻날, 춘설(春雪)이 뒤덮인 금정산에서 앞사람 발자국만 뒤쫓으면서 불현듯 서산대사의 선시(禪詩)가 떠올랐다. 임란 때 승병(僧兵)을 이끌었던 대사의 꼿꼿한 기상은 말할 것도 없고, 훗날 항일독립운동을 지휘하면서 이 시를 즐겨 썼던 백범 김구 선생의 강직함을 느낄 수 있다. 부패한 기득권층의 온갖 비난에도 아랑곳 않고 묵묵히 외길을 걸어갔던 막사이사이의 발자취가 더욱 돋보인다. (부산일보, 2006. 3. 3)

도쿠가와 이에야스와 옹정제

　잔치는 열렸지만 분위기는 예년과 딴판이었다고 한다. 노무현 대통령의 고향인 김해 봉하마을에서 열린 당선 4주년 기념잔치 얘기다. 친형 건평 씨는 "노력한 만큼 국민이 몰라줘 애타는 마음뿐"이라고 했지만, 한 주민은 "봉하마을 주민이라고 말하는 것이 부끄러운 느낌마저 든다"고 털어놓았다.

　자리에서 물러날 때가 가까워지면 쓸쓸해지는 게 인지상정(人之常情)이다. 하지만 노 대통령의 경우 그 정도가 더한 것 아닐까. "임기를 마치지 못하고 물러나는 첫 번째 대통령이 되지 않았으면 좋겠다"고 하더니 최근에는 "대통령 은퇴 문화에 대한 외국의 사례를 수집하라"고 지시했다. 임기가 아직 14개월이나 남았는데 말이다.

　2004년 탄핵 반대 촛불집회와 총선 때의 역풍은 아득한 과거사가 되고 말았다. 노 대통령의 몰락은 공허한 이념만 추종한 독선에서 비롯됐다. 48.9%의 지지로 당선된 대통령이 46.6%의 반대표를 아우르지 못했음은 물론이고 지지자들마저 등 돌리게 만든 것이다. 노 대통령은 노사모나 386 세대만의 대통령이 아니라, 대한민국 전 국민의 대통령임을 보여줬어야 했다. 국민의 박수를 받으며 물러나는 대통령을 보지 못하는 국민 또한 얼마나 불행한 것인가.

지도자 노릇을 어떻게 해야 하는지 잠시 과거로 돌아가 보자. 일본의 에도 바쿠후(幕府) 창시자인 도쿠가와 이에야스는 철저히 준비된 지도자였다. 유소년 시절부터 인질생활을 겪으면서 전쟁의 참상을 체험한 그는 평화를 갈망하는 백성들의 염원을 잘 알고 있었다. 오다 노부나가나 도요토미 히데요시와 같은 강자들과 때로는 맞서고 때로는 인내하면서 140년이나 계속된 전국(戰國)시대를 마감하려고 노력했다.

사냥터에서 얻은 고기는 아랫사람들에게 먹이면서 자신은 마른 밥알을 씹었다. "벼슬과 재물은 신불(神佛)이 잠시 맡긴 것이지 내 것이 아니다"라며 근검절약을 솔선했다. 과거의 정적이라도 뉘우치면 모두 포용할 줄 알았다. 전쟁이 끝난 뒤에는 세계로 눈을 돌려 해외교역을 통한 국부(國富) 증대에 힘을 쏟았다. 그때가 임진왜란이 끝난 지 불과 10년쯤 지난 17세기 초였으니 미래를 내다보는 식견이 얼마나 탁월했던가.

중국 청나라의 5대 황제인 옹정제(雍正帝)는 유능한 독재자로 평가받고 있다. 무소불위의 권력을 휘둘렀지만 수도자처럼 경건하고 치열했다. 옹정제는 지방 관리들과 주고받는 서한을 통해 광대한 중국을 통치했다. 당시 지방의 고위 관리인 총독이나 순무는 내각에 보내는 문서와 별도로 황제에게 '주접'이라는 보고서를 직접 올렸다. 황제는 이 보고서에 붉은 붓으로 정정하거나 편지 여백에 특별 지시를 적어 보내고 다시 답장을 받았다. 이것이 '주비유지'다. 옹정제는 112책에 달하는 『옹정주비유지』를 출판했다. 출판된 분량의 몇 배에 달하는 편지뭉치가 청조 말년까지 궁정에 가득 쌓였다고 한다. 그는 이 같은 서한통치로 중국 관료제의 뿌리 깊은 부패를 척결했다. 그의 개혁 정신은 "하늘이 청조의 군주에게 내린 특별임무는 공정한 사회를 건설하여 만민이 안심하고 편히 살도록 하는 것"이라는 지론에서도 잘 나타난다.

국가 지도자는 국민통합을 이뤄내고 시대정신을 구현하며, 미래에 대한 비전을 제시하고 실천해야 한다. 이에야스가 히데요시의 아들과 가신을 포용했던 것이나, 옹정제가 천주교를 금지시켰으면서도 이를 어긴 수누 일족에 대해 관용을 베푼 것은 통합의 리더십이었다. 출신을 따지고 노선을 검증하는 '순혈주의 인사'로는 유능한 인재를 등용할 수 없다. '뺄셈의 정치'가 아닌 '덧셈의 정치'가 되어야 의사소통이 원활해지고 화기(和氣)가 살아난다. 평화를 염원하는 시대정신을 받든 이에야스는 전쟁 종식에 심혈을 기울였다. 옹정제는 관료들의 부패를 뿌리 뽑지 않고는 민중의 삶을 도탄에서 구할 수 없음을 알았다.

오늘날 대한민국의 시대정신은 무엇인가. 날뛰는 집값, 넘쳐나는 실직자, 좀체 살아나지 않는 경기, 흔들리는 공교육……. 이를 바로잡는 민생 회복이다. 한국인의 스트레스가 세계 최고 수준이라고 보도됐다. 오죽했으면 올해의 사자성어에 구름은 가득한데

비는 내리지 않는다는 '밀운불우(密雲不雨)'가 선정됐을까. 노 대통령이 박수를 받으며 물러나려면 민생회복의 서기(瑞氣)가 비치도록 지금부터라도 노력하는 길뿐이다. 차기 주자들도 떠날 때 박수 받으려면 국민의 염원이 무엇인지 노심초사해야 할 것이다. (부산일보, 2006. 12. 22)

육가와 이석연의
쓴 소리

18대 총선 결과는 이명박 대통령과 한나라당에 위기와 기회를 동시에 제공했다. 한나라당은 과반 의석을 얻었다고는 하나 이재오, 이방호, 박형준 의원 등 대통령의 핵심 측근들이 줄줄이 고배를 마셨다. 윤건영, 박승환 후보 등 한반도 대운하 공약을 준비하고 추진해온 참모들과 국무총리 물망에까지 올랐던 윤진식 전 장관도 낙선하고 말았다. 당과 국회에서 대통령의 국정철학을 전파해야 할 '수족들'이 잘려나간 셈이다. 이뿐이 아니다. 대선 경선 때 이 대통령과 경쟁했고 한나라당 주류들과 대립각을 세워왔던 박근혜 전 대표의 측근들이 대거 당선돼 여의도로 돌아가게 되었다. 한나라당 안팎에서 당선된 '친 박' 사람들은 60명에 육박한다. '친 이' 계열에는 크게 미치지 못하는 숫자이지만, 박 전 대표 측의 협력이 없이는 안정적 국정운영이 어렵게 되었다.

60%에 육박하던 한나라당 정당 지지도가 이번 비례대표 투표에서 37% 선으로 추락한 까닭은 무엇일까. 압도적 지지로 정권을 되찾은 한나라당이 오만해졌기 때문이다. 인수위원회 시절에 내놓

은 영어 몰입교육 정책이나 한반도 대운하 강행 움직임이 비판론에 귀 기울이지 않는 독주와 독선으로 비쳐졌다. 조각(組閣) 파동도 마찬가지였다. 이른바 '고소영'이니 '강부자'니 하는 유행어에는 일반 국민들의 실망감이 고스란히 묻어 있다. 한나라당의 공천 파동도 정권 실세들의 탐욕 때문이었다. 국민들은 경제 살리기를 주문하면서도 오만하거나 독주해서는 안 된다는 경고를 보냈다.

독선과 아집의 결말이 어떠한지 4년 전으로 돌아가 보자. 17대 총선에서 열린우리당은 152석을 얻어 소선거구제 도입 이후 처음으로 여대야소를 이루었다. 한나라당은 부패 정당으로 낙인 찍혀 천막당사에서 와신상담했던 반면, 노무현 정권은 이념과 편 가르기에 여념이 없었다. 야당이 미래로 나아가자고 하면, 여당은 과거를 파헤치는 데 열중했다. 예비역 장성들이 안보를 역설하면 대통령은 "별을 달고 거들먹거린다"고 핀잔을 주었다. 그 결과 재·보선마다 여당의 패배가 계속되었다. 대통령이 만든 정당이 대통령 재임 중에 문을 닫았다. 이합집산을 거듭한 끝에 새 출발을 한 통합민주당의 총선 성적표도 초라하기 짝이 없다. 열린우리당 초선의원 108명 가운데 이번에 당선된 후보는 35명에 불과한 실정이다.

윗사람의 지시라면 물불 가리지 않는 '돌격대'도 물론 필요하다. 하지만 양약(良藥)이 먹기에는 쓰지만 몸에는 좋듯이, 비판적 조력자가 더욱 절실한 상황이다. 총선 후보등록 직전 노무현 정부에서 임명된 공공기관장 퇴진 문제로 논란이 벌어졌다. 그때 이석연 법제처장이 '헌법정신'을 거론하며 쓴 소리를 내뱉었다. 이 처장은 "어느 권력자나 집권하면 판단이 흐려지는 법"이라며 "그럴수록 자기 자리를 버릴 각오로 직언하는 사람이 있어야 한다"고 했다. 새 정부 고위인사 가운데 처음으로 자기비판이 나온 것이다. 이 처장 자신이 그럴 역할을 맡을 각오인가 보다.

당시 이 처장이 인용했던 중국 한나라 육가(陸賈)의 직언을 살펴보자. 항우를 물리치고 황제가 된 유방은 하급 관리 출신이었다. 글은 조금 알았으나 치국(治國)의 도(道)를 알지 못했다. 개국공신인 한신과 번쾌, 주발, 소하도 정치에 문외한이었다. 공신들이 논공행상을 다툴 때 육가는 유방에게 유교 경전인 『시경』과 『상서』를 언급하며 설득했다. 유방은 유생들에게 반감이 있었기에 "짐이 천하를 얻는데 '시'와 '서'가 해준 게 아무 것도 없다"며 화를 냈다. 육가는 "폐하가 천하를 얻었다고 해서 다스릴 수 있겠느냐"며 "마상(馬上)에서 얻은 천하를 마상에서 다스릴 수는 없다"고 간언했다. 결국 유방은 육가의 쓴 소리를 모은 『신어(新語)』 12편을 자신은 물론, 여러 공신들에게 읽도록 했다. 한나라가 진나라의 제도를 계승했지만, 통치이념은 유가 사상에 바탕을 두었다. 진나라가 폭정을 일삼은 데 비해 한나라는 사회의 안녕과 질서를 바로잡았다.

이명박 대통령은 자신의 측근을 낙마시키고 당선된 문국현, 강기갑 후보가 갖는 상징성을 존중해야 한다. 그들은 환경과 소외계층의 문제를 꾸준히 제기해왔다. '친 박' 인사들의 진로는 당내 민주주의의 가늠자가 될 것이다. 주권자인 국민들은 이번 총선에서 이 대통령에게 이들을 두루 포용하라고 명령한 것이다. 이 대통령이 육가의 직언을 경청하고 받아들인 유방의 총명함을 배운다면, 이번 총선은 분명 기회가 될 것이다. 한나라당에서 화합정치를 역설하는 목소리가 벌써 나오고 있다. (부산일보, 2008. 4. 11)

큰 바위 얼굴이
그립다

　누군가 얼굴은 '얼'을 담은 '굴(窟)'이라고 했다. 얼굴은 곧 마음의 창이니 그럴듯한 지적이다. 한국인의 얼굴에 대해 연구해온 조용진 교수는 '얼굴은 수만 년에 걸친 유전정보와 문화적 특성을 드러내는 살아 움직이는 유적'이라고까지 표현한다. 까마득한 옛날까지 돌아가지 않더라도 얼굴에는 그 사람의 삶의 역정과 현재의 심리상태 등이 눈빛으로, 주름살로, 입 모양 등으로 기록된다.

　서양화가 강형구 씨가 지점토로 빚은 전·현직 대통령들의 캐리커처가 어제부터 세종문화회관에서 전시되고 있다. 신문지상에 미리 선보인 작품을 보아도 인물의 개성을 어찌나 정확하게 짚어냈는지 작가의 관찰력과 표현력이 놀랍다. 두 눈을 감은 채 입을 꾹 다문 전두환 전 대통령은 청문회에서 딱 잡아떼던 표정이고, 김영삼 전 대통령은 턱과 입을 쑥 내밀어 경쟁자에 대한 시샘과 불만을 드러내고 있으며, 미간을 찌푸리며 두 뺨이 홀쭉 들어간 김대중 전 대통령은 노쇠하고 무력한 지도자의 모습으로 빚어졌다. 노무현 대통령도 뭔가 언짢은 듯 누군가를 쏘아보는 모습이다.

왜 역대 대통령들은 한결같이 불만에 가득 찬, 찡그린 표정들일까. 위엄 있으면서도 온화하고, 후덕하면서도 경륜의 무게가 느껴지는 그런 얼굴은 보이지 않는 것일까. 광복 이후 60년이 가깝도록 성공한 대통령을 배출하지 못한 우리 현대사는 대통령이라는 자리가 고뇌와 번민으로 장식된 가시방석이었음을 말해주고 있다. 역대 대통령들이 얼굴 활짝 펴고 웃는 날이 드물었다면 이 땅에서 국민 노릇하는 사람들의 삶 또한 얼마나 고단했을까. 해방 직후의 혼란기나 한국전쟁, 보릿고개 시절은 말할 것도 없고 국민소득이 1만 달러를 넘었다는 21세기 초입에도 한국인들의 얼굴은 여전히 어둡다.

우리 선조들도 반만년 역사를 이어오면서 순탄한 삶을 살았던 것은 아니다. 때로는 국난과 압정 속에서 초근목피로 연명하며 온갖 신고(辛苦)를 겪었다. 그렇지만 '한국은 높지도 낮지도 않은 돌담의 문명'이라고 이어령 교수가 지적했듯이, 선조들의 삶은 폐쇄적이면서도 개방적이었고, 가족 중심적이면서도 이웃과 정을 나누는 공동체 생활을 영위해왔다.

선조들의 넉넉한 마음은 1,300여 년 전의 유물에서도 드러난다. 경주 영묘사 터에서 출토된 '얼굴무늬 수막새(人面文圓瓦當)'는 신라인, 더 나아가 삼국시대 사람들의 대표적인 얼굴로 인식되고 있다. 7세기 것으로 추정되는 기와에 새겨진 이 얼굴은 비록 왼쪽이 파손돼 사라졌으나 부드러운 눈웃음과 오뚝한 콧날 아래 수줍음이 듬뿍 담긴, 얼음장도 녹일 듯한 해사한 미소를 짓고 있어 '천년의 미소'로 불리고 있다. 국보 제84호인 서산 마애삼존불상도 '백제의 미소'라고 불릴 정도로 넉넉한 미소가 일품이다. 산 중턱의 큰 바위에 새겨진, 본존상의 높이만 2.8미터나 되는 이 불상은 눈을 크게 뜨고 입술을 드러내면서 뺨을 한껏 부풀려, 마치 마음씨 좋은 시골 농부의 얼굴처럼 익살스럽고 여유 있는 표정이다. 신라나 백제시대 사람들은 비록 현실이 힘들더라도 웃음을 잃지 않으려고 노력했음을 알 수 있다.

외적의 잦은 침입과 국권 상실, 민족 분단 등 천년 세월의 풍상(風霜)이 한국인의 얼굴에 상처를 남기고 주름살을 깊게 했을지언정, 오늘날의 모습처럼 일그러지게 하지는 않았다. 산업화 시대에 접어들면서 물신(物神)주의의 팽배와 이에 따른 무한경쟁이 한국인의 얼굴에서 웃음을 앗아갔다.

경제의 규모는 커졌지만, 가치관이 정립되지 않은 무질서한 상황에서 더 가지려고, 더 높이 오르려고 온 국민이 눈에 핏발을 세우고 전투 중이다. 열매가 익을 때까지 참고 기다리는 은근과 끈기는 사라졌고, 덜 익은 열매를 서로 따먹으려고 아우성이다. 대통령은 비판 언론에 대해 소송을 제기하고, 어느 재벌 총수는 스스로 몸을 던지고 말았다. 자라는 아이들이 무얼 보고 배우겠는가. 철부지 소년의 실수에도 빙긋이 웃어주던 할아버지의 미소가 그립다. 미국 소설가 호손의 작품에서처럼 겸손하고 온화하며 사려 깊은 '큰 바위 얼굴'은 없는가. (부산일보, 2003. 8. 15)

4장

지역이 곧 세계다

숲이 살아야
사람이 산다

대지여, 이것이 그대가 바라던 것이 아닌가? 우리의 마음에
서 보이지 않게 살아나는 것. 어느 날 눈에 보이지 않게 되는
것이 그대의 꿈이 아닌가? 대지여! 보이지 않음이여!

—라이너 마리아 릴케, 「아홉 번째 비가(悲歌)」 중 일부

   미국 메릴랜드 주 솔즈베리 대학의 조안 말루프 교수는 '급진적
인 환경운동가'를 뜻하는 '나무를 껴안는 사람(Tree Hugger)'이
라는 별명을 갖고 있다. 말루프 교수는 숲으로 답사여행을 갈 때면
학생들에게 나무를 껴안아보라고 권해왔다. 나무를 포옹한다고
해서 특별한 경험을 하는 것은 아니다. 그녀는 '급진적인 환경운
동가'가 아닌, 나무에 대한 사랑과 열정을 가르치고 싶어 했다.
   말루프 교수의 집 근처 농장 숲이 한때 벌목 위기에 놓였다. 농
장 주인은 땅을 팔고 그 돈으로 패스트푸드 음식점을 차리길 원했
고 정부는 공원을 조성하고자 했다. 양측을 아무리 설득해도 허사
였다. 그때 불교국가인 태국에서는 나무에게 승려의 계(戒)를 주

면 벌목꾼이 그 나무를 절대 해치지 않는다는 얘기를 떠올렸다. 말루프는 9·11 테러 희생자들의 명단을 입수하여 그 숲의 나무 한 그루 한 그루에 희생자들의 이름표를 붙여주었다. 벌목 위기에 처했던 숲이 '9·11 추모의 숲'으로 탈바꿈되는 바람에 온전하게 보존되었음은 물론이다.

숲 속의 공기에서는 120가지의 화학물질이 뿜어져 나오는데, 인간이 분석할 수 있는 것은 70가지 정도라고 한다. 이들이 인체의 신경과 세포를 자극하여 유익한 기능을 한다는 것이다. 스트레스를 해소하고 장과 심폐기능을 강화하며 살균작용을 하는 피톤치드도 그 가운데 하나일 것이다. 산림청이 2006년에 낸 공식 자료에는 우리나라 산림의 공익적 가치가 59조 원에 달한다고 한다. 미국발 금융위기 때문에 세계 각국이 구제 금융과 경기 부양에 퍼붓는 천문학적인 예산에 비하면 그리 많은 돈이 아닐 수 있다. 하지만 홍수를 예방하고 물 부족 현상을 막으며 대기를 정화하는 산림의 값어치는 엄청나다. 새와 야생동물의 보금자리가 되고, 인간에게도 명상과 치유의 공간을 제공하는 산림의 가치는 금전적으로 계량하기 어려울 정도다. 장자(莊子)가 "물고기는 강과 호수 덕분에 살고 있음을 잊어버렸다(魚相忘乎江湖)"라고 했듯이, 인간들이 나무와 숲의 소중함을 까맣게 잊어버린 것이다.

몇 년 전 세상을 떠난 경북 봉화의 농사꾼 전우익 선생은 『혼자만 잘 살믄 무슨 재민겨』라는 책을 펴냈다. 전 선생이 잇따라 출간한 『사람이 뭔데』라는 저서를 보면 나무 기르기가 얼마나 어려운 일인지 짐작할 수 있다. 곰솔, 주목, 전나무, 마로니에 등 여러 나무를 어렵사리 구해 심어놓고는, 아침저녁으로 지극정성 문안을 했다고 한다. 그런데도 상당수가 시들어버렸다는 것이다. 나무에도 음양(陰陽)의 이치가 있는데, 예를 들면 전나무는 어릴 땐 짙은 음지를 좋아하다가 크면 양지에서 잘 자란다는 사실을 몰랐기 때문이다. 하긴 전나무는 전나무의 특성이, 마가목은 마가목의 기호가 있을 것이다. 전 선생이 나무를 대할 때 마다 '정을 쏟아 붓고 정성을 다할 뿐' 이라고 고백한 것이 차라리 인간적이다. 릴케가 "대지여! 보이지 않음이여!" 라고 감탄했듯이, 자연의 힘은 인간의 능력을 초월해 있음이 분명하다.

근교에 새로운 수목원이 조성됐다는 신문 기사를 보고는 지난 일요일 진해로 내달렸다. 하필 군항제 기간이라 진해 도심은 교통체증이 시작됐고, 해군사관학교의 벚나무들은 꽃샘추위에 시달려 꽃망울을 터뜨리지 않았다. 벚꽃 구경은 포기하고 길을 물어물어 진해드림파크로 갔다. 개장한 지 불과 9일, 아직 공사 뒷마무리가 완료되지 않았고 방문객도 소수였다. 산책로를 30여 분 거닐어보고는 잠시 실망했지만, 목재문화체험장에 들어서니 그게 아니었다. 나무와 숲이 얼마나 소중한지 다양한 방법으로 알려주었다. 126헥타르에 달하는 진해만 생태숲과 광석골 쉼터가 있다는 사실은 현장을 떠난 뒤에야 알았다. 진해시청 직원의 설명으로는 4년간 국비와 도비를 포함 100억 원을 들였다고 한다. 인구 16만인 소도시가 도심 자연공원에 거액을 투자했다는 사실이 놀랍다.

부산에는 왜 이런 수목원이 없는지 안타깝다. 화명동에 공립수목원, 다대동에 자생식물원, 기장군에 '국민의 숲'을 조성한다는 보도를 접한 적이 있다. 얼마나 진척됐는지 궁금하다. 살림살이가 팍팍할수록 '꿈나무'를 심고 가꿔야 한다. (부산일보, 2009. 4. 23)

걷자,
희망의 길이 보인다

　지난 주말 영도다리를 건널 때만 해도 괜히 나선 것은 아닌지 후회할 뻔했다. 포근할 것이라던 일기예보와는 달리 바닷바람이 차갑게 느껴졌고, 보행로 가까이서 질주하는 자동차의 소음이 머리카락을 곤두서게 했기 때문이다. 그런데 남항대교에 올라서고부터는 사정이 달라졌다. 모자가 날아갈 만큼 바람이 불어왔지만 천마산, 용두산, 봉래산 그리고 자갈치시장이 한눈에 들어오는 경관에 마음속까지 통쾌했다.

　송도해수욕장은 몰라볼 정도로 깨끗하게 단장됐다. 심술쟁이 바람도 숨을 죽였고, 물씬 풍겨오는 갯내음엔 봄기운이 가득했다. 뜻하지 않게 현인 선생의 옛 노래를 듣게 돼 도보여행자의 지루함을 덜게 되었다. 송도 해안산책로는 만든 이의 정성이 느껴지는 길이다. 해안 암벽 사이로 길을 내면서 곳곳에 벤치를 설치해 전망대 역할을 하도록 만들었다. 층리나 암맥 같은 해안 지형에 대한 친절한 설명도 빠뜨리지 않았다. 멀리 남항대교와 영도가 보이고 눈앞에는 수백 척 무역선과 어선들이 정박해 있어 부산이 항구도시임을 실감할 수 있었다.

휴일이면 근교 산을 오르내리던 생활습관이 지난 1~2년 사이 부산의 이곳저곳을 걸어 다니는 것으로 바뀌었다. 온천천을 거쳐 동래읍성을 돌거나 수영강변을 따라 민락수변공원과 광안리 해수욕장을 거닐었다. 해운대 해수욕장에서 출발해 미포, 청사포, 송정으로 이어지는 산책로를 걸었고, 송정에서 연화리, 대변, 죽성길도 다녀왔다. 길 따라 걸으면 산행에 비해 시간이 적게 들고 체력소모도 훨씬 덜하다. 게으른 사람들의 건강법이라고 할까. 반드시 산 정상에 올라야 한다거나 일행에 비해 뒤처져 일정에 지장을 주는 게 아닌가 걱정할 필요도 없다. 그저 길 따라 체력이 닿는 대로 걸으면 그만이다. 눈앞에 펼쳐진 풍경과 일체감을 가지게 되고 혼자 생각하는 힘이 길러진다.

전남 해남 땅끝마을에서 강원도 통일전망대까지 49일 동안 800킬로미터를 걸었던 한비야 씨는 그의 여행기에서 '한 걸음의 힘'을 강조했다. 아득하게 느껴졌던 먼 길도 한 걸음 한 걸음 내디디면서 도달할 수 있다는 것이다. 인생이 그렇고 역사가 그런 것처럼. '빨리 빨리'가 아니더라도 '꾸준하게'만 한다면 못 이룰 일이 없다. 그렇다면 멀고 험한 길을 탓할 것이 아니라 쉽게 포기하고 좌절하는 우리들 자신에게서 원인을 찾아야 한다. 살림살이가 언제 나아질까, 경제가 어서 회복되어야 할 텐데 조바심을 낼 일도 아니다. 정부나 기업, 국민이 맡은 바에 최선을 다하면 세월이 해결해줄 것이다.

도보여행은 느리면서 단순한 삶을 즐긴다는 데 그 값어치가 있다. 자동차로 쌩쌩 달리면서 보던 풍경과 천천히 걸어가면서 접하는 사물은 분명 다르다. 자동차에서는 수박의 겉만 핥았다면, 걸어서는 수박의 속살까지 맛보는 셈이다. 지리산 실상사의 도법스님은 5년 동안 전국 3만 리를 걸어 다니면서 8만 명을 만났다고 한다. 스님은 "서울에서는 경제가 어렵다고 아우성인데, 시골에서 단순 소박하게 살아가는 사람들은 경제가 어려워도 충격을 받지 않는다"고 했다.

　도보 여행에는 배낭 하나만 있으면 된다. 식수와 약간의 음식만 들어 있으면 충분하다. 힘들면 길가에서 쉬면 되고, 배고프면 먹으면 된다. 부와 권력, 명예 따위는 걷는 일과 아무 관련이 없다. 우리가 그동안 더 많은 돈, 더 큰 집, 더 좋은 자동차 등 너무 많은 것을 갈망한 나머지 바쁘게 움직였던 것은 아닌가. 파스칼은 인간의 모든 불행은 휴식할 줄 모르는 데서 비롯됐다고 꼬집었다. 맑은 공기와 물, 굶주림을 면할 수 있는 음식, 담소할 수 있는 일행만 있다면 길거리에서도 충분히 행복할 수 있는데 말이다. 『느리게 산다는 것의 의미』란 책을 낸 피에르 쌍소는 "한가로이 거니는 것은 시간을 중단시키는 것이 아니라 시간과 조화를 이루는 것"이라고 했다. 시간에 쫓기지 않는 자유를 누린다는 뜻일 게다.

　최근 도보여행자들이 크게 늘어나고 있다고 한다. 동호회가 결성되고, 한 번에 100킬로미터를 걷는 마니아들도 적지 않다는 소식이다. 부산일보도 삶과 도시를 바꾸자는 취지에서 「길을 걷자」

는 기획시리즈를 연재 중이다. 하지만 자동차가 질주하는 콘크리트 숲 속으로 걸을 수는 없는 일이다. 지리산 둘레길이나 제주도 올레길에는 못 미치더라도 아름다운 길이 많이 생겨나야 한다. 지방자치단체가 조금만 관심을 기울여도 가능한 일이다. 산림청도 2016년까지 전국 12곳 1,500킬로미터 구간에 문화체험 숲길을 조성할 계획이란다. 길을 나서고 보니 봄이 저만치 마중 나와 있다.

(부산일보, 2009. 2. 6)

문화도시 밀양의 꿈

1999년 9월 어느 날, 이상조 밀양시장은 서울의 국립 정동극장을 찾았다. 밀양 출신이며 한때 환경부장관을 지냈던 손숙 씨가 출연한 연극 〈어머니〉를 관람하기 위해서였다. 공연이 끝난 뒤 이 시장은 손씨와 연출가 이윤택 씨에게 도와줄 일이 없는지 물었다. "연극을 제작하고 연습할 공간이 없어 가장 힘들다"는 대답이 돌아왔다. 이 시장은 "폐교라도 좋다면 적극 도와주겠다"고 제의했다. 극단 측은 부산시와 경기도에서도 유사한 제안이 있었지만, 이 시장의 적극적 태도와 밀양의 자연환경을 감안, '전원(田園)행'을 결심했다.

그해 10월 30일, 밀양시 부북면 가산리 옛 월산초등학교 부지 5천여 평에 밀양연극촌이 문을 열었다. 기존 학교시설에 밀양시가 지원한 3,000만 원으로 무대와 객석을 갖춘 '스튜디오 극장'을 꾸몄고, 자연 그대로인 숲 속에 가설무대를 만들어 학교 걸상을 옮겨 '숲속의 극장'이라고 이름 지었다. 폐교의 교실은 연습실이자 단원들의 숙소였으며, 무대장치 창고로도 활용되었다. 밀양시교육청에 내야 할 임대료도 밀양시가 냈음은 물론이다. 농촌 생활에 서

틀었던 단원들은 여름이면 모기와 더위, 겨울엔 추위와 전쟁을 벌여야 했다. 이 시장은 민간단체, 특히 문화예술단체에 대한 지원에 익숙하지 않았던 공무원들과 시의원들을 설득하느라 진땀을 흘렸다.

열악한 시설이지만 주말마다 계속된 상설공연에는 부산, 창원, 울산, 대구 등지의 가족 나들이객들이 찾았으며, 2001년부터 막이 오른 밀양여름공연예술축제에는 전국의 연극마니아들이 줄을 이었다. 지난해 16,500명이던 여름축제 유료 관객이 올해는 놀랍게도 24,000명(하루 2,000명)으로 50%나 늘어났다. 밀양시의 지원은 계속되었다. 2004년엔 4억 4,000만 원을 들여 냉난방시설을 갖춘 136평 규모의 우리동네극장이 증설됐다. 올해는 180명이 함께 숙식을 할 수 있는 문화체험합숙소가 완공단계에 들어섰다. 밀양시는 지난 6월 연극촌 부지를 16억 3,000만 원에 교육청으로부터 아예 인수했으며, 설씨 문중에서는 연극촌 인접 농경지 800평을 주차장 부지로 무상으로 빌려주었다.

밀양시 관계자는 "이 연극촌이 우리나라는 물론, 아시아에서도 유일한 연극 공장"이라고 자랑한다. 이곳에서 각본을 쓰고, 기획하고, 연습하고, 초연(初演)을 한 작품이 서울로 일본으로 독일무대로 진출했다. 지난 6년 동안 연희단거리패와 연출가 이윤택의 연극은 모두 밀양 산하의 정기를 받고 밀양사람들의 정서가 스며든 '메이드 인 밀양'이었다. 연극촌이 뿌리를 내리면서 단원들은 시의 지원에 보답이라도 하듯 주소를 밀양으로 옮겨 밀양시민의 일원이 되었다.

지역주민들을 위한 프로그램도 본격 등장했다. 밀양 지역 어린이 40여 명으로 구성된 어린이극단 반달은 음악교육극 〈푸른하늘 은하수〉를 제작 공연한 데 이어, 뮤지컬 〈스크루지〉를 우리말과 영어로 공연했고, 올해 연극축제에서 뮤지컬 〈토끼와 자라〉를 선보이기도 했다. 주5일 시대를 맞아 중고생·교사들의 체험학습과 실습교육, 직장인 연수도 활발해졌다. '종합 연극타운'이라고 불러도 손색이 없게 되었다. 밀양시는 연극촌이 지역경제에 도움이 될 것이라고 확신하면서도 당장의 성과에 연연해하지 않는다. 밀양의 문화유적지와 관광지를 연극촌과 연계하는 시티투어와 관광 명소를 대상으로 '찾아가는 공연'을 내년쯤 시행해볼 계획이라고 한다.

미국의 미래학자 제러미 리프킨은 "산업생산의 시대가 가고 문화생산의 시대가 오고 있다"며 "상품과 서비스를 파는 사업이 아니라 다양하고 광범위한 문화적 체험을 파는 사업이 각광받을 것"이라고 전망했다. 지방행정도 문화를 등한시했다간 2류, 3류로 낙후되고 만다. 1995년 지방자치제 실시 이후 문화를 기치로 내건 행사가 봇물을 이뤘지만, 상당수가 이벤트성 전시행정에 그치고 말았다. 전국에 12,000여 개로 추산되는 지역축제도 의욕만 넘쳤을 뿐 관광객에게 감동을 주지 못하고 지역경제에도 별 도움이 되지 않았다. 이에 비하면 밀양의 연극촌 투자는 문화적이면서 경제적이었다.

프랑스의 유서 깊은 도시 아비뇽에서는 매년 7월 세계적 연극축제인 '아비뇽 페스티벌'이 벌어진다. 세계 각국에서 수십 만 명의 인파가 모여들어 각종 공연과 퍼포먼스에 매료된다. 변변한 공연 시설을 갖추지 못한, 인구 10만도 안 되는 소도시가 세계적 수준의 축제를 성공시켰다. 밀양의 문화적 저력이라면 '한국의 아비뇽'도 머지않을 것이다. (부산일보, 2006. 9. 1)

울산대공원, 상생의 결실

경주로 가는 길에 고속도로의 혼잡을 피하느라 가끔 울산을 둘러본 적이 있다. 조선소의 거대한 크레인, 자동차 공장 앞에 꼬리를 물고 출고를 기다리는 신차들, 출퇴근길의 자동차와 자전거 행렬들……. 전국 100대 기업이 고작 2개뿐인 부산에 비해 울산은 분명 활기가 넘쳤다. 우리나라의 근대화를 이끌어낸 중화학공업의 중심도시가 아닌가. 하지만 이방인이 체감한 울산의 이미지는 그리 밝지 못했었다. 석유화학공단을 지나칠 때는 언제나 자동차 창문을 올리고 코를 움켜쥐어야 했을 만큼, 울산은 '잿빛 도시'로 각인되어왔다.

그러나 울산은 크게 달라졌다. 무려 110만 평에 달하는 자연생태공원인 울산대공원이 공업 도시를 확 바꿔놓았다. 부산시민들이 공원 조성을 간절하게 염원하는 하얄리아 부지가 고작 16만 평, 용인 에버랜드가 43만 평에 불과한데 110만 평이라면 엄청난 규모가 아닌가. 지난 휴일 장미축제 마지막 날이라는 소식을 듣고 부랴부랴 울산으로 달려갔다. 대공원이 자리 잡은 곳은 공업탑 로터리와 울주군청 바로 옆. 100만 평이 넘는 대규모 공원이 변두리가 아닌 도시 한가운데 자리 잡고 있을 줄이야.

12,000여 평의 호수와 100여 만 평의 야산 곳곳에 장미계곡, 동물농장, 수영장, 나비식물원, 야외공연장, 숲속 공작소 등 체험학습장이 들어섰다. 공원 내 도로에는 동화 속에 나오는 마차처럼 어여쁜 전기 자동차와 자전거만 통행이 허용되었다. 젊은 연인들은 영화의 주인공들처럼 100만 송이 장미꽃 사이에서, 가족 나들이객들은 다람쥐와 꽃사슴 곁에서 사진 촬영에 여념이 없었다. 초여름 햇살에 지친 할머니 할아버지들은 숲속 그늘이나 파고라에서 맑은 공기와 푸른 하늘을 느긋하게 즐겼다. 개장 50여 일 만에 150만 명이 다녀갔으니, 대공원 때문에 경주 관광객이 줄어들었다는 얘기가 과장만은 아닐 것이다. 아, 울산시민들이 너무 부럽다.

울산대공원은 기업이 시민들을 위해 조성했다는 데 큰 의미가 있다. 1964년부터 울산에 공장을 지어 기업활동을 해왔던 SK㈜의 고 최종현 회장은 1995년 "악취를 참아가며 기업을 사랑해준 시민들과 이윤을 나누고 싶다"며 세계적인 환경친화공원 조성을 약속했다. 울산시가 땅 매입비 505억 원을 부담하고, SK가 공사비 1,020억 원을 제공해 올 4월 10년 대역사(大役事)를 마무리했다. SK가 대공원을 울산시에 조건 없이 기부했음은 물론이다. 지난 2003년 SK가 외국자본으로부터 경영권을 위협받자 울산 시민들은 주식 사주기 운동을 벌였다고 한다. 이 얼마나 멋진 상생인가.

울산에서 지역사회와 기업의 아름다운 만남은 대공원뿐이 아니다. LG복지재단은 삼산동에 울산시가 제공한 1천 평 부지에 23억 원을 들여 연면적 470평 규모의 노인복지회관을 지어 기증했다. 울산에서 뿌리내린 현대도 예외는 아니다. 체육·예술 공원은 물론, 축구장, 도서관, 문화회관을 지어 주민들의 삶의 질을 높였다. 정몽구 현대자동차 회장이 비자금 조성 혐의로 구속되자 울산의 시민단체들을 중심으로 석방 촉구 서명운동을 벌여 12만여 명이 동참했다. 최근 5년간 울산의 기업들이 순수한 사회 공헌활동에 투자한 금액이 4,000억 원에 이른다고 한다.

'죽음의 강'이라고 불리던 울산 태화강도 생태 하천으로 부활했다. 폐수가 가득했던 강에 연어가 돌아오고 백로 떼가 춤을 춘다. 울산시와 환경단체가 대대적인 정화활동을 벌인 덕분에 수영대회를 치를 정도로 2급수 수준을 회복했다. 대기환경도 마찬가지다. 울산시가 '환경 마일리지 운동'을 펼치고 대기업들의 친환경 투자마인드가 향상되면서 하루가 다르게 달라졌다.

사정이 이렇다 보니 서울의 한 여행사에서 울산 관광상품을 판매하기 시작했다. 언양 불고기단지와 자수정 동굴, 양산 통도사, 간절곶 그리고 공업단지 견학 코스라고 한다. 앞으론 고래박물관에다 대공원도 포함되겠지. 공해도시라고만 여겨졌던 울산이 관광도시로 탈바꿈했다니 신바람이 나지 않을 수 없다.

기업과 시민, 지역사회와 국가경제는 어느 것 하나 빠뜨릴 수 없이 함께 돌아가야 할 수레바퀴다. 네 탓을 하기 전에 먼저 이해하고 포용해야 더불어 살아갈 수 있다. 울산 시민들과 기업, 울산시 관계자들에게 뜨거운 박수를 보낸다.(부산일보, 2006. 6. 16)

금강산에서
해운대를 생각하다

　방랑시인 김삿갓은 금강산을 소재로 여러 작품을 남겼다. 그 가운데 「스님에게 금강산 시를 답하다(答僧金剛山詩)」에서는 금강산의 절경을 뛰어난 기지(機智)로 표현하고 있다. 한 스님이 시 한 수를 청하니 그는 "우뚝우뚝 뾰족뾰족 기기괴괴한 가운데/ 인선(人仙)과 신불(神佛)이 함께 엉겼소/ 평생 금강산 위해 시를 아껴 왔지만/ 금강산에 이르고 보니 감히 시를 지을 수가 없소"라고 답했다. 참된 진리는 말과 글을 뛰어넘은 데 있듯이, '감히 시를 지을 수 없다'는 겸손한 고백이야말로 금강산에 대한 최고의 찬사가 아닌가.

　금강산이 관광객들에게 개방된 지 6년이 넘었지만 나는 보름 전 뒤늦게나마 금강의 속살을 들여다보는 청복(淸福)을 누렸다. 구룡폭포의 힘찬 기상, 옥류동 연주담의 벽계수(碧溪水), 만물상의 기암괴석, 망양대에서 본 운해(雲海)와 동해바다, 삼일포의 미인송은 아직도 눈앞에서 아른거린다. 달리기대회라도 하듯 수백 명이 한꺼번에 산행을 하다 보니 김삿갓처럼 술 한 잔에 시 한 수 읊을 여유는 없었다. 그러나 맑은 물과 수려한 송림에 둘러싸인 채 태초의 고요를 머금은 한적한 관광단지 주변이 인상적이었다. 북한의 특수성 때문이겠지만, 남녘에서는 흔한 자동차 매연과 소음, 요란한 상업시설물을 찾기 어려웠다. 관광시설도 대부분 1~2층 높이여서 금강산의 스카이라인을 고스란히 살리면서 쭉쭉 뻗은 소나무 품에 포근하게 안긴 형국이었다. 자연 그대로가 훌륭한데 왜 인공의 덧칠을 하느냐는 북쪽 사람들의 자연철학에 고개가 절로 숙여졌다.

우연한 일이겠지만, 부산에서 금강산행 관광버스를 타기 직전 생수를 준비하느라 상점에 들렀다가 TV 뉴스를 잠시 시청하게 되었다. 모교인 해운대의 한 초등학교가 학교 인근에 고층 아파트를 지으려는 건설회사에 부지 일부를 매각해 의혹이 일고 있다는 보도였다. 무슨 잘못이 있었는지는 알 수 없으나 어린 시절 부산에서 운동장이 가장 넓은 학교라고 자랑하던 모교가 고층 콘크리트 숲에 포위된다는 게 가슴 아팠다. 이 학교뿐 아니라 해운대는 이미 아파트로 뒤덮였다. 신도시와 수영만 매립지는 말할 것도 없고 빈터만 있으면 20~30층 건물이 예사로 들어선다. 그렇다고 중국 상하이의 초고층건물처럼 다양한 디자인으로 저마다의 자태를 뽐내는 것이 아니라 성냥갑을 쌓아올린 듯 천편일률적이다.

누우면 산월(山月)이요 앉으면 해월(海月)이라
가만히 눈 감으면 흉중에도 명월(明月)이라

오륙도 스쳐가는 배도 명월 싣고 가더라

어이 갈거나 내 어이 갈거나

이 청풍 이 명월 두고 내 어이 갈거나

잠이야 아무 때 못 자랴 밤새도록 보리라

　　　　　　　　　　　　　　　　—이광수, 「해운대에서」

　신라 말 최치원 선생이 속세를 떠나려 가야산을 찾던 길에 풍광에 매료돼 '해운(海雲)'이라는 서각을 남긴 지 이미 천년 세월. 춘원을 잠 못 들게 했던 청풍명월은 옛 그대로이나 해운대 시가는 상전(桑田)이 벽해(碧海)로 바뀌었다. 낙락장송이 도열했던 송림 대신에 고층 호텔이 병풍을 친 듯하고 와우산 달맞이길 주변엔 고깃집, 술집들이 줄을 잇고 있다. 해운과 춘원이 다시 해운대를 찾는다면 무슨 말을 남길지 궁금해진다.

　해운대의 '콘크리트 숲'은 이미 엎질러진 물이지만 더 이상의 오염은 막아야 한다. 16층 이상 고층빌딩이 4천 개가 넘는 상하이도 시민들이 '콘크리트 숲'에 대한 불만을 토로하기 시작하자 고층빌딩 건립 제한에 나서고 있지 않은가. 최근 부산시가 시의회와 함께 해운대를 비롯한 해안 경관지역의 건축물 높이 및 건폐율 제한을 추진한다고 하니 뒤늦게나마 다행스럽다. 고층건물을 최대한 억제하되 부득이 허용할 경우 건물 주변에 충분한 녹지공간을 마련하도록 규정해야 한다. 해운대구청이 달맞이길 주변의 빼어난 조망을 보존하려고 애써온 점이 다소 위안거리다.

관광특구 지정 이후 10년 동안 새로 들어선 관광시설로는 아쿠아리움이 유일하다. 온천센터, 야외음악당 등 장밋빛 청사진은 여러 차례 나왔지만 어느 것 하나 제대로 추진된 것이 없다. 부산을 찾은 관광객이 해운대에서 잠만 자는 것이 아니라면 즐길 거리를 제공해야 한다. 앉아도 보고 누워서도 보던 달을 고층빌딩에 가려 볼 수 없다면 '인공의 달'이라도 내걸어야 하지 않겠나. (부산일보, 2005. 4. 22)

부산, 매력 있는 도시인가

떠밀리고 짓밟히고, 아이들 울음과 고함소리가 그치지 않아 아수라장 같았던 광안리 해수욕장의 그날 밤을 부산시민들은 결코 잊지 못할 것이다. 화려한 색상의 레이저와 조명, 때로는 감미롭게, 때로는 경쾌하게 울려 퍼지는 음악과 함께 무려 8만 발의 폭죽이 밤하늘을 수놓았을 때, 100만여 명의 관람객들은 때 이른 추위도 잊은 채 환호와 탄성, 박수갈채를 쏟아냈다.

잔치는 본디 시끌벅적하고 혼잡스럽고 흥겨우면서도 불편한 것 아니던가. 교통이 통제되고, 내 차 내 마음대로 몰고 다니지 못하고, 국민 세금 흥청망청 쓰는 꼴 보기 싫어도, 그까짓 것 조금 참고 함께 어울려 즐기면 신바람도 제법 난다. 아시아태평양경제협력체(APEC) 21개 회원국 정상들이 십장생이 새겨진 우리 고유의 두루마기를 입고 동백섬 누리마루하우스에 나란히 섰으니, 부산시민들도 이제 으쓱댈 만하지 않은가.

비록 일회성이기는 하지만 부산 APEC 정상회의는 부산 아시안게임, 부산국제영화제에 이어 부산이 세계로 도약하는 훌륭한 계기임에 틀림없다. APEC의 성공적 개최로 자신감을 얻은 부산시는

2009년 국제올림픽위원회(IOC) 총회와 2020년 하계올림픽 유치에 총력을 기울이겠다고 선언하고 나섰다. 그 결과야 예측할 수 없지만, 한 도시가 꿈과 비전을 갖고 역동적으로 노력하는 것은 바람직한 일 아닌가. 당장의 살림살이가 고달프더라도 언젠가 보다 더 잘살 수 있다는 꿈이 없다면 고통을 감내할 수 없듯이, 시민사회도 미래에 대한 목표가 없이는 뒷걸음질 칠 수밖에 없다.

그렇다면 부산은 2009년과 2020년, 아니 언제든 부산을 찾는 외국인은 물론, 국내 관광객들에게 무엇을 자랑하고 무엇을 보여줄 것인가. 해운대와 태종대, 자갈치시장과 용두산공원을 내세울 것인가. 아니면 새로운 명소인 광안대교와 벡스코, 누리마루하우스를 자랑할 것인가. 어느 것 하나 부산의 상징물로 손색이 없다. 그럼에도 부산은 외국 관광객들이 경주를 둘러보기 위한 경유지에 불과하고, '달러 박스'라고 할 수 있는 크루즈 유람선들이 하루도 채 머물지 않고 떠날 정도로 매력 없는 도시라는 현실을 부인할 수 없다. 서울만큼 현대적이지 않고, 경주만큼 역사의 향기가 배어 있지도 않으며, 제주만큼 쾌적하지도 않은 부산이 어떻게 매력적인 도시가 될 수 있는지 지금부터라도 고민해야 한다.

필자는 파리의 에펠탑, 시드니의 오페라하우스, 상하이의 동방명주와 같은 부산의 랜드마크, 즉 상징물을 만들자고 제안하고 싶다. 시민들의 삶과 동떨어졌으며 역사성도 결여된 인공적 시설물이 무슨 필요가 있겠느냐고 항변하는 이도 있을 것이다. 그러나 에펠탑도 건축 당시 예술의 도시 파리에 웬 철탑이냐는 시민들의 반발에 부딪혔으나 100년 세월의 때가 묻으면서 '파리 서정의 극치'로 불릴 정도로 시민들의 사랑을 받는 명소가 되었다. 오페라하우스도 유럽에 비해 고전음악에 뒤처졌던 호주가 이를 만회하기 위해 설계를 공모한 결과, 무명이었던 덴마크 건축가의 작품을 채택하여 현대건축의 걸작을 탄생시킨 것이다. 동방명주 역시 방송 송신탑에 지나지 않지만 상하이 시의 푸둥지역 개발 의지와 웅비하는 중국의 야망을 담은 건축물로 관광객들의 발걸음이 그치지 않고 있다.

부산의 과거와 현재를 고스란히 담아내고 미래의 꿈을 제시하자. 가장 한국적인 것이 가장 세계적이듯이, 내용은 가장 부산답게, 형식은 세계와 통할 수 있도록 꾸며보자. 부산은 바다의 도시로 해양수도를 꿈꾸고 있고 국제영화제의 성공적 개최로 영화의 도시를 지향하므로, 이를 바탕으로 한 테마파크나 박물관을 구상해보면 어떨까. 부산신항이 완공된 이후 북항을 수변공원화할 때 해양수산 전시장과 정보통신기술(IT) 전시장을 겸비한 전망탑을 건립하는 방안도 생각해볼 수 있다. 부산공동어시장에 관광객들이 경매 모습을 구경하면서 싱싱한 활어를 맛볼 수 있는 관광식당을 꾸며보자. 영화 테마파크는 미국 로스앤젤레스의 유니버설스튜디오처럼 영화나 드라마 속의 장면들을 재현해놓고 관광객들이 직접 주인공이 되어 체험하도록 하자. 이 모두는 재정적 뒷받침이 관건일 것이다. 멀리 내다보고 한걸음씩 내디디면 지금이라도 늦지 않다. (부산일보, 2005. 11. 18)

문화가 사람을
모은다

　초등학생이던 시절, 고향인 해운대에서 문현고개를 넘어 부산 도심지로 나들이할 기회는 두어 번뿐이었다. 한 번은 담임선생님을 따라 영도다리가 들고 내리는 모습을 보러 갔다. 또 한 번은 남일초등학교를 방문할 기회가 있었다. 담쟁이로 뒤덮인 석조(石造) 교사의 아름다움에 기가 죽었던 기억이 아직도 남아 있다. 섬마을 어린이들이 도시 나들이를 하듯, 변두리 해운대에서 번화가인 중앙동 광복동을 찾을 땐 설레는 가슴을 달래야 했다. 40여 년 세월이 흘러 해운대는 상전(桑田)이 벽해(碧海)가 되듯 바뀌었으나, 부산의 옛 도심은 별반 달라지지 않았다.

　부산 중구의 인구는 1990년 77,000여 명에서 2006년 51,000여 명으로 줄어들었다. 시청과 경찰청의 이전이 큰 영향을 미친 탓이겠지만, 새로운 성장 동력을 찾지 못했기 때문이다. PIFF 광장 주변 영화관의 인기는 예전만 못하다. 용두산공원은 외래 관광객들에게 매력을 잃은 지 오래됐다. 광복동, 남포동 상가와 국제시장도 현대식 백화점과 대형 할인점에 뒤처지고 말았다. 다행히 자갈치

시장이 새롭게 단장돼 옛 명성을 이어가고 있을 뿐이다.

그래도 중구는 부산의 1번지다. 미래가 어두운 것은 아니다. 부산 롯데월드가 공사 중이고 북항 재개발이 추진 중이다. '버려진 보물' 남항도 관광자원화될 것이다. 중구 전체 면적의 37%가 '용두산 자갈치 관광특구'로 이미 지정되었다. 부산의 '원 도심'이라고 불리는 이 지역은 되새김질할수록 '진국'을 맛볼 수 있는 곳이다. 동양척식회사의 사옥으로 지어졌다가 미국문화원으로 변했던 부산근대역사박물관이 용두산공원 자락에 자리 잡고 있다. 일제강점기 시절 독립운동가들의 든든한 후견인이었던 백산 안희제 선생의 기념관, 피란 시절 애환을 고스란히 담은 중앙동 40계단도 지척이다. 부마항쟁이든 6·10 민주항쟁이든 부산 민주화운동의 본거지 또한 이 일원이다. 고향사람들에겐 미안한 얘기지만, 해운대에 비해 중구 지역은 부산의 역사가 훨씬 살아 숨 쉬는 곳임을 부인하기 어렵다.

부산의 원 도심을 살리려면 문화의 씨앗을 뿌려야 한다고 제안하고 싶다. 문화가 산업과 별개의 것이라고 주장할 사람들은 없을 것이다. 문화가 사람을 모으는 원동력이다. 서울의 인사동이 대한민국을 상징하는 문화의 거리가 되었듯이, 부산 중구 일대는 부산을 상징하는 거리가 되어야 한다. 서울 문리대가 떠난 동숭동에 소극장들이 하나둘 모여 젊음의 거리인 대학로를 형성한 것이 좋은 사례다. 서울은 지금, 이명박 대통령이 공약했던 당인리 화력발전소를 이른바 '창작 발전소'로 전환하느냐는 문제로 논의가 한창이다. 발전소를 옮기는 것도 예삿일이 아니고, 발전소를 지하화한 뒤 지상에 문화공간을 만드는 예산도 수천억 원에 달한다. 광주는 앞선 정부 시절 '아시아 문화중심 도시'로 지정돼 문화전당을 짓는 데만 1조 원 이상의 예산이 투입된다고 한다.

부산을 외면하는 정부만 탓할 순 없다. 부산의 힘으로 가능한 일부터 하나씩 시작하고 볼 일이다. 문화예술단체의 사무실과 문화인들의 창작실을 중앙동 일대에 집중 유치했으면 한다. 이 지역은 비어 있는 사무실이 상당수 남아 있고 임대료 또한 도심지로서는 저렴한 편이다. 부산시가, 또는 중구청이 임대보증금을 지원하고 문예단체나 작가들이 관리비를 책임지는 형태로 말이다. 해마다 갈아치우는 보도블록 정비 예산 정도라면 여러 단체와 작가들에게 문화공간을 제공할 수 있을 것이다. 또 소극장이나 갤러리, 골동품 업소를 유치하는 건물주들에게 행정적 편의와 세제 혜택을 제공하는 방안도 고려해볼 만하다. 거리 미술과 거리 공연도 장려해야 한다. 볼거리, 즐길 거리가 있어야 사람이 모인다. 사람이 모여야 경제가 살아난다.

지난 4월 부산발전연구원은 글로벌 도시포럼과 미시간 주립대, 한양대 도시대학원 등과 함께 '지역경제발전 및 도시재생을 위한 글로벌 전략' 국제회의를 개최한 바 있다. 이 자리에 참석한 전문가들은 외국의 도시들에 비해 부산은 '이야기(Story)적 요소'가 빈약하다고 입을 모았다. 이를 보완하기 위해서는 원 도심 지역에 젊은 예술가들의 활동 공간을 제공하고 영화나 문화공연을 늘려 도시 정체성을 확보해야 한다는 것이다.

　중앙동 골목마다 자리 잡았던 화랑과 음악실, 문화인들의 사랑
방은 모두 어디로 사라졌는가. 문화예술인들이 이곳으로 다시 돌
아올 수 있도록 부산시와 중구청이 더욱 고민해야 한다. (부산일보,
2008. 6. 20)

문화도 경제라는데

　이명박 대통령 당선인이 지난 휴일 극장을 찾았다. 2004년 아테네올림픽에서 여자핸드볼 국가대표팀이 결승에 오른 과정을 담은 실화극 〈우리 생애 최고의 순간〉을 관람했다. 이 당선인은 영화를 보면서 눈물을 훔치기도 했고 영화가 끝났을 때는 눈이 충혈되어 있었다고 한다. 지난 대선 직전 한 인터뷰에서는 〈브라보 마이 라이프〉를 최근 관람한 영화 가운데 인상적이었다고 꼽기도 했다. 이 당선인이 지난 연말 안국포럼 사무실에서 『역사를 바꾸는 리더십』이라는 책자를 꺼내 든 사진이 보도되자 이 책이 불티나게 팔렸다. 최고경영자 출신이라는 딱딱한 이미지와는 달리 그림에도 관심이 많아 미술관을 자주 찾았다는 보도도 나왔다. 그렇다면 그를 지지했던 국민들이 기대했던 '경제 대통령' 못지않게 '문화 대통령'이 될 가능성도 없지 않아 보인다.

　하지만 개인적 취향과는 달리, 국가 최고지도자로서의 문화 정책이 무엇인지는 아직 들어보지 못했다. 대선 공약집에 내세운 문화 정책도 경쟁 후보들의 그것과 별다른 차이가 없었다. 문화계 인사들은 당선인의 신년 기자회견에서 문화의 '문' 자도 나오지 않았다며 실망스러운 눈치다. 대통령 당선 이후의 활발한 행보 가운데서도 문화예술인들을 만나 격려하는 모습은 보이지 않았다. 경제가 시대적 화두가 된 마당에 기업인들과의 잦은 만남을 탓할 수는 없다. 다만 특정 분야에 지나치게 쏠린 나머지 상대적으로 소외받은 계층의 섭섭함도 감안해야 한다. 대통령 당선인이 어떤 계층의 사람들을 만나느냐는 그의 관심사와 차기 정부의 정책을 가늠해볼 수 있는 대목이기 때문이다.

2000년대 들어서면서 '21세기는 문화의 시대' 라는 말이 숱하게 나왔다. 한류 열풍을 타고 문화산업의 중요성을 깨닫기 시작한 것도 이즈음이었다. 올 들어서는 '컬처노믹스(Cultunomics)' 라는 합성어도 등장했다. 문화를 경제적으로 활용하는 현상을 의미한다. 문화와 경제가 둘이 아니라는 말이다. 문화적 토양이 기름져야 경제라는 나무가 꽃을 피우고 열매를 맺을 수 있다는 이치다. 얼마 전 글로벌서울포럼에 참석한 프랑스의 문화비평가 기 소르망 교수도 "문화는 경제이며 문화경쟁력이 미래의 기업경쟁력" 이라고 주장하지 않았던가.

사실 프랑스는 문화로 먹고 사는 나라다. 드골 대통령 때 문화장관을 지냈던 소설가 앙드레 말로는 '1% 미술품 제도' 를 도입하여 문화 진흥에 힘을 쏟았고, 대외적으로는 도쿄에서 모나리자 전시회를 개최하는 등 프랑스 문화의 우수성을 세계에 전파하는 데 주력했다. 사회당 정부 시절 자크 랑 문화장관은 미국문화의 독점적 확산을 막기 위해 1999년 '문화다양성 협약' 을 제안해, 2005년 유네스코 총회에서 미국의 반대를 물리치고 압도적으로 통과시켰다.

프랑스는 지난해 아랍에미리트연합에 '루브르박물관'을 수출하기로 합의했다. 2012년 개관하는 국립박물관 이름에 '루브르'를 30년 동안 사용하도록 허용하고 4억 달러를 받기로 했다. 루브르 소장 예술품을 작품당 2년씩, 10년 동안 빌려주고 7억 5,000만 달러를 또 받는다. 박물관의 설계도 프랑스의 건축가 장 누벨이 맡았다. 이뿐이 아니다. 2010년 중국 상하이에 현대미술관인 퐁피두센터 분관을 개관하며, 브라질에는 로댕미술관 분관 설립을 검토 중이라고 한다. 프랑스는 '문화 외교'를 통해 자국의 영향력을 강화하고 경제적 이득도 챙겼다.

우리나라라고 못할 것도 없다. 올해로 결성된 지 30년을 맞은 '김덕수 사물놀이패'는 '사물놀이'라는 보통명사를 세계백과사전에 올릴 정도로 세계인에게 깊은 인상을 심어주었다. 10여 일 전 뉴욕에서 공연한 한국 공연단 '들소리'는 〈뉴욕타임스〉로부터 호평을 받기도 했다. 우리가 만든 영화가 세계 영화제에서 잇따라 트로피를 거머쥐었으며, 젊은 음악인들이 국제 콩쿠르에서 입상했다는 낭보도 연이어 들려왔다. 하지만 재능 있는 몇몇 사람의 활약에 안주해서는 곤란하다. '스타 마케팅'에 지나치게 의존했던 한류 열풍이 시들해진 까닭도 여기에 있다.

문화관광부는 지난해 한글, 한식, 한복, 한지, 한옥, 한국음악 등 6개 브랜드를 양성해 세계화하겠다는 '한(韓) 스타일 육성 계획'

을 내놓았다. 문화산업으로 성장할 수 있을지는 미지수이나 가능성은 충분하다. 최근 거론됐던 '디자인 코리아 프로젝트'도 관심을 기울일 만하다. 문화예술인들의 자율성을 존중하면서 문화적 토양을 더욱 기름지게 만드는 게 정부의 몫이다. 국가지도자가 문화 진흥을 통해 국격(國格)을 높이겠다는 의지를 표명하면 문화인들에게는 큰 힘이 될 것이다. (부산일보, 2008. 1. 25)

고층빌딩 숲에 이사 온
300년 팽나무

계명대 강판권 교수는 중국 역사를 전공한 인문학자다. 그런데 강 교수는 자신의 강의를 듣는 학생들에게 어찌 보면 엉뚱하다고 할 과제를 냈다. 캠퍼스 안에 있는 나무가 몇 그루인지 세어보라고 한 것이다. 그리고 어느 날은 벽오동나무 아래서 야외수업을 실시했다. 그것도 비를 맞으며 회화나무, 계수나무, 모과나무, 상수리나무 등 교정의 나무들을 두 시간 동안 순례했다고 한다. 강 교수는 성리학에서 말하는 격물치지(格物致知), 즉 사물을 바로 봄으로써 그 이치를 깨닫도록 시도했던 것이다.

미국 메릴랜드 주 솔즈베리 대학에서 생물학을 가르치는 조안 말루프 교수는 학생들에게 나무를 껴안아보라고 시켰다. 그는 나무를 껴안음(tree hugger)으로써 생명에 대한 사랑과 열정을 깨우치고자 했다. 말루프 교수는 메릴랜드의 어느 숲이 인공적인 공원으로 조성되기 위해 벌목된다는 사실을 알고는 기발한 착상을 했다. 태국의 승려들이 계(戒)를 내려준 나무는 벌목꾼들이 함부로 해치지 않는다는 데서 착안한 것이다. '9·11 테러' 희생자들의 이름표를 나무에 붙여 '추모의 숲'을 조성해 이 숲을 지켜냈다.

부산 강서구 천가동 율리마을, 그러니까 가덕도에서 300년 이상 살고 있던 팽나무 두 그루가 이사를 했다. 개발 바람이 불어 닥친 가덕도에 도로를 개설하려다 보니 이 '터줏대감'이 걸림돌이 되었던 모양이다. 공사를 맡은 업체는 벌목하려 했으나, 주민들이 극구 반대한 것이다. 율리마을 주민들로서는 할아버지의 할아버지, 그 할아버지의 할아버지 때부터 이 마을을 지켜온 수호신 같은 당산목을 지키려고 했을 터. 결국 부산시가 이주비용 2억 5,000만 원을 들여 팽나무 두 그루를 해운대 나루공원에 옮겨 심었다.

높이 10~12미터, 넓이 15~20미터, 밑지름 1.3~1.4미터, 무게만 100톤에 달하는 팽나무를 옮겨 심기란 그야말로 작전이었다. 주민들은 20여 일 전 무속인을 불러 그동안 마을을 지켜준 당산나무가 이사 가더라도 잘 살아달라며 제사를 지냈다. 나무를 이식하는 전문업체에서는 12일 전부터 나무의 뿌리를 온전히 살리면서 밑동을 파내는 작업을 했다. 그러고는 바람이 불지 않고 파도가 잔잔한 날을 골라 바지선 두 척에 두 나무를 싣고 48킬로미터 떨어진 해운대로 해상 운송했다. 또 대형 트레일러에 실어 1킬로미터 구간인 나루공원에 이식했다.

나는 이 나무들이 보고 싶어 조바심이 났다. 도대체 어떻게 생긴 귀한 나무이기에 그토록 많은 예산을 들였을까. 지난 일요일 아침 일찍 나루공원을 찾아 이곳저곳을 둘러보았으나 허사였다. 해운대구청 공원팀장에게 전화로 물었더니 나무가 다치지 않게 해상

기후가 좋은 날을 택하느라고 작업이 늦어졌다는 답변이었다. 이틀 뒤 퇴근길에 다시 나루공원을 찾았다. 수영2호교를 지나 해운대 센텀시티로 들어서는 길 왼쪽, 나루공원 입구에 예전에는 볼 수 없었던 '거물'이 위풍당당하게 자리 잡고 있었다.

이 팽나무의 밑동은 어른 몇 사람이 팔을 벌려 껴안아야 할 정도로 굵었다. 그 밑동에서 3~4개 굵은 줄기가 이어졌고 다시 10여 개 가는 줄기로, 그 다음에는 수십 개 가지가 하늘을 향해 뻗어나갔다. 해운대 센텀시티는 수십 층 고층빌딩들이 하늘을 향해 솟구쳐 있는 곳이다. 세계 최대라고 자랑하는 백화점도 인접해 있다. 이 노거수(老巨樹)가 비록 타향살이이지만 고향 가덕도에서 지켜보았던 애환을 주절이 주절이 읊어줄 수만 있다면 절묘한 공존이 아닌가.

나무는 그저 나무가 아니다. 나무 자신이 고귀한 생명체이며, 군락을 이룬 숲이라면 자연공동체가 된다. 숲이 있어야 새들이 지저귀고 온갖 곤충과 벌레가 찾아오며, 기생 식물들도 자리 잡는다. 우리 인간은 이 숲이 내뿜는 산소를 호흡하고 물을 마시며 강풍과 홍수 속에서도 견딜 수 있다. 이 나무와 숲으로부터 뭇 생명의 인드라망이 시작됐다. 부산시 당국이 어떤 영문으로 2억 5,000만 원이나 되는 거금을 들여 팽나무 두 그루를 살렸는지 알 수 없으나, 이를 계기로 환경정책이 얼마나 달라질지 지켜볼 일이다.

널리 알려진 충북 보은의 정이품송은 벼슬을 하사받은 나무다. 경북 예천의 황목근은 세금을 내는 나무며, 같은 예천의 석송령은 세금은 물론 장학금도 주는 나무다. 이른바 '스토리 텔링'의 시대를 맞아, 이사 온 팽나무 두 그루가 부산을 더욱 넉넉하고 풍요롭게 만들어주길 바란다. 그러자면 계명대 강 교수처럼, 미국의 말루프 교수처럼, 나무를 세거나 껴안아줘야 한다. 아니면 시민들이 자주 찾아 눈맞춤이라도 해야 하지 않을까. 그리고 보니 곧 식목일이다. (부산일보, 2010. 4. 2)

5장

사람 사는 세상
이야기

아버지로 산다는 것

　군복무 중인 아들 녀석이 주말이면 안부전화를 걸어온다. 몸 건강하게 지낸다는 소식에 고맙기는 하지만, 하필이면 꼭 제 어미 휴대전화로 연락한다. 서울서 대학 다니는 막내아들도 마찬가지다. 평소에 전화 한 통 하지 않다가 용돈이 떨어지거나 아쉬운 점이 있으면 제 엄마에게 매달린다. 애비 입장에서는 고민을 들어주고 비위를 맞춰야 하는 수고를 덜었으니 홀가분하다. 하지만 솔직하게 말하면 서운하기 짝이 없다.

　한국의 아버지들은 직장에서의 성공이 가족 행복의 지름길이라고 굳게 믿고 새벽부터 밤늦게까지 일에 매달려왔다. 자신은 낡은 구두를 몇 년씩 신더라도 자녀에겐 고급 운동화를 안겨주었고, 과외비 마련하느라 잔업도 마다하지 않았다. 직장에서 짜증 나는 일이 있어도, 아이들 기죽이지 않으려고 혼자 냉가슴을 앓아야 했다. 우리네 아버지들은 가정을 지키는 최후의 보루라고 자부해왔다. 알을 지키려고 다른 물고기와 목숨 걸고 싸우는 아빠 가시고기처럼 가정의 기둥이자 보호막이었다. 그런 자긍심 때문에 그 어떤 어려움도 참고 견디어왔다.

그러다가 귀밑머리가 하얗게 변했을 즈음에야 자신의 존재가 너무나 왜소해진 사실을 뒤늦게 깨닫게 된다. 자녀들은 훌쩍 커버려 아빠 품 안에서 재롱떨던 그 아이가 이미 아니다. 어쩌다 자녀들에게 관심을 표명하면 "술 냄새 난다", "담배 냄새 난다"며 달아나버린다. 설령 마주앉았다고 해도 관심 영역이 서로 달라 대화가 길게 이어지지 않는다. 그저 그런, 의미 없는 몇 마디를 주고받을 뿐이다. 그러나 엄마는 다르다. 자녀 친구들의 이름이나 별명, 학교 소식을 줄줄 꿴다. 아이들이 좋아하는 연예인의 동정이나 TV 오락프로그램을 소상하게 알고 있다. 어떤 학원이, 어느 과외교사가 유능한지 아빠는 몰라도 엄마는 정통하다. 어느 아파트의 프리미엄이 얼마나 올랐는지, 누가 해외펀드에 가입해 대박을 터뜨렸다는 정보도 엄마가 더 빠르다. 아버지들은 자녀 교육은 물론, 가정경제의 주도권을 점점 잃어가고 있다. 한신대 정기현 교수의 최근 논문에 따르면 TV 광고에서도 '권위적 남편과 내조적 아내'의 모습은 점점 사라지고 있다고 한다. 대신 '프로 엄마'나 '어머니 전문가'가 증가하고 있고, 아버지는 빠진 '어머니와 아들'이나 '어머니와 딸'의 등장 빈도가 늘어났다는 것이다.

아버지가 직장이라도 다니며 돈을 벌어올 때는 그나마 발언권을 행사할 수 있다. 돈 버는 기계로서 아직 쓸모가 있기 때문이리라. 하지만 중장년의 아버지가 직장에서 밀려나면 가정에서도 쓸모없는 존재가 된다. 외환위기 이후 수많은 아버지들이 이 산, 저 산 떠돌아다니다 소주잔 기울이며 피눈물을 쏟았을 것이다. 돈 못

버는 아버지는 천덕꾸러기며, 심지어 멸시의 대상으로 전락했다. 몇 년 새 황혼이혼이 크게 늘어난 것은 여성의 목소리가 커진 때문이기도 하지만, 돈 못 버는 아버지들이 용도폐기된 것에 다름 아니다. 가족으로부터 소외된 아버지도 불행하지만, 아버지를 왕따 시킨 가족도 결코 행복할 수 없다. 아버지들은 직장에서뿐 아니라 가정에서도 살아남기 위한 생존경쟁을 벌여야 할 처지다. 가족이 필요로 하는 아버지, 가족이 마음을 열어주는 아버지가 되어야 한다. 그러자면 자녀나 아내와 교감(交感)하고 소통해야 한다. 아버지 대접을 받으려면 투자하고 훈련할 수밖에 없다.

자식사랑이 남달랐던 다산 정약용 선생의 경우를 살펴보자. 다산은 유배지에서 서신을 통해 두 아들을 교육시켰다. 그 골자는 문명세계(서울)를 떠나지 말 것, 독서에 힘쓸 것, 재물은 나눠줄 것, 근(勤)과 검(儉)을 유산으로 삼으라는 것이다. 다산은 다소 세속적인 비유지만 "공부를 게을리 하면 좋은 여자를 만날 수 없다"며 "비천한 집안과 결혼해 물고기의 입술이나 강아지의 이마 몰골을 한 자식이 태어난다면 그 집안은 끝장나고 만다. 이래도 학문을 게을리 할 작정이냐"고 독려했다. 다산의 두 아들은 폐족(廢族)의 신분이어서 벼슬을 할 수 없었으나 학문에 전념했다. 그 덕분에 두 아들이 선친의 방대한 저술을 편찬해 후대에 알릴 수 있었다. 두 아들이 아버지를 죄인의 신분에서 위대한 사상가로 명예 회복시킨 것이다.

갈수록 이마에 잔주름이 늘어나고 어깨가 축 처지는 이 땅의 아버지들이여. 당신이 있었기에 가족이 행복했음을 자부하라. 자녀들의 눈높이에 맞추려 노력하면서도 자식에 대한 기대는 낮추시라. 혹시 어려움에 처하더라도 드라마 속의 이순재처럼 더욱 당당하게 '거침없이 하이킥'을 하시라. (부산일보, 2007. 5. 11)

자식 농사
제대로 짓습니까

　인간의 광기(狂氣)는 끝이 없는가. 하늘 높은 줄 모른 채 탐욕을 부리다가도 한순간 자멸의 구렁텅이로 떨어지는 어리석음은 어디에서 비롯된 것인가. 미국 버지니아공대 참사를 지켜보면서 인간이라는 존재에 대해 회의하지 않을 수 없다. 플라톤은 "신에 의해서 주어진 것 가운데 광기는 가장 좋은 것"이라고 강조했다. 아마도 플라톤은 규격에서 벗어난 비정상적 사고(思考)가 창의적이며 새로운 것을 창조한다고 여겼을 것이다. 그러나 창조적이고 생산적인 사고가 아닌, 파괴와 살인으로 이어지는 광기는 분명 신의 뜻과는 거리가 멀다.

　미 총기참사 범인 조승희 씨의 부모는 서울의 반지하 셋방에서 살다가 15년 전 미국으로 이주했다. 학교 구내식당과 세탁소에서 일하면서도 자녀들을 명문대학에 보냈다. 머지않아 '아메리칸 드림'이 이뤄질 듯한 순간에 청천벽력 같은 소식을 접해야 했다. 미국 사회에 적응하지 못해 외톨이로 지냈던 한 가련한 젊은이가 같은 또래 32명의 꿈도 앗아가고 말았다. 재산을 팔아 아들을 유학

보낸 인도네시아 아버지도, 미국 식당에서 일하며 아들 뒷바라지를 하던 페루 출신 '기러기 엄마'도 꿈을 접어야 했다. 왜, 무엇 때문에 아무런 인과관계가 없는 무고한 사람들이 희생되어야 했는가.

범죄는 한 개인의 일탈행위이지만, 그 원인은 사회적일 수밖에 없다. 이탈리아 법의학자 체사레 롬브로소는 1876년 발간한 『범죄인론』에서 "범죄인은 태어날 때부터 범죄인으로서의 소질을 지니고 있다"는 '생래적 범죄인설'을 주장했다. 그러나 여러 가지 비판에 부딪힌 그는 1897년 개정판에서는 30%라고 후퇴했으나, 오늘날에는 그의 이론이 받아들여지지 않고 있다. 범죄의 온상인 사회적 병폐를 찾아내 수술하지 않고는 비슷한 유형의 제2, 제3의 범죄가 이어지게 마련이다. 이번 사건은 이민 1.5세대인 조씨의 미국사회 부적응과 좌절감, 그리고 미국 동부지역의 백인우월주의와 허술한 총기관리제도에서 원인을 찾을 수 있다.

미국 사회의 구조적 문제는 제쳐두고, 한국인들은 이번 사건을 계기로 반성할 점이 없는지 되돌아보자. 한국인들의 교육열은 단연 세계 제일이다. 자신은 어떤 고생을 하더라도 자식들만큼은 공부 시키겠다는 게 한국 부모들의 공통점이다. 우리나라가 세계 11위의 경제대국으로 성장한 것도 이 같은 교육열 덕분이었다. 1980년 230개이던 대학이 2005년엔 366개로 증가하였고, 대학생 수도 같은 기간 4.7배나 늘어나 300만 명에 육박한다. 인구 60명당 1명이던 대학생이 16명 중 1명꼴이 되었다. 미국 유학생 수도 93,000

여 명으로 1위다. 우리보다 인구가 20배 이상 많은 중국과 인도를 어느새 앞질렀다. 사교육비 부담도 경제협력개발기구(OECD) 국가 가운데 선두다.

교육열을 나무랄 순 없다. 하지만 부모의 과도한 기대가 자식에게는 스트레스로 받아들여진다는 사실을 간과해서는 안 된다. 상당수 부모들은 자녀의 적성이나 취미는 외면한 채 학업성적에만 민감한 반응을 보인다. 내가 고생하면서 공부를 시키니 자식은 당연히 공부를 잘해야 한다는 식이다. 한국보건사회연구원이 지난해 청소년 8,600여 명을 대상으로 조사한 결과, 학업문제가 스트레스 원인 1위(67%)로 꼽혔다. 사교육 열풍이 심한 서울 강남지역에 학원만 많은 것이 아니다. 서울의 소아정신과 병의원의 41%가 강남, 서초구에 몰려 있다고 보도된 바 있다. 성적에 좌절하면 분노를 유발하게 되고, 결국 폭력이나 가출 등 일탈행위로 행동화한다. 부모의 성적제일주의는 자녀의 정서를 황폐화시킬 위험이 높다.

어머니가 자식의 세세한 일까지 챙겨주면 성인이 되어서도 '마마보이'나 '캥거루족'이 될 수 있다. 관심과 보호 못지않게 스스로 문제를 해결하는 능력을 키워줘야 한다. 내 자식이 최고가 되어야 한다는 집착을 버리면 자식은 자율적으로 성장하게 된다. 한국인들의 이혼율이 높은 까닭을 성장 과정에서 자율과 자립심을 키워주지 못한 데서도 찾을 수 있다. 자녀의 생활에 일일이 간섭할 것이 아니라 부모가 모범을 보이는 게 훨씬 효과적이다. 부모가 책을 자주 접하면 자녀의 성적이 향상되는 것과 같은 이치다. 자녀를 명문대에 보내는 것을 부모의 목표로 삼아서는 곤란하다. 몸과 마음이 건강한 사회인으로 성장시켜야 한다.

자식에 대한 욕심을 버리고 나면 부모의 삶도 한결 여유가 생길 것이다. 태평양 건너온 비보(悲報)를 접하면서 우리 교육의 현실을 되돌아보았다. (부산일보, 2007. 4. 20)

그래도 군엔 가야죠

　청소년 축구대표팀이 브라질에 패해 세계청소년축구대회 예선에서 탈락하고 나서 축구 이야기는 더 이상 시중의 화제가 되지 못했다. '세계의 벽'을 실감했기 때문도 아니고, 쉽게 식어버리는 한국인 특유의 '냄비 근성' 때문도 아니다. 그날 새벽 경기도 연천의 최전방 부대에서 빚어진 비극적 사고가 던져준 국민적 충격 때문이다.

　그날 이후 한국전쟁이나 월남전에 참전했던 할아버지 아버지 세대는 말할 것도 없고, 후방에서 편안하게 지냈던 사람들도 군복무 체험담을 늘어놓는다. 잠 못 자고 배고팠고 기합에 혼쭐났던 그 시절을 무용담 들려주듯 자랑스럽게 얘기한다. 자식을 군에 보냈거나 보내야 할 어머니들도 이번 참극이 마치 내 아들의 일인 양 안타까워한다. 남자든 여자든, 군복무를 마쳤든 아니든, 대한민국 땅에서 군과 무관한 사람은 없을 것이다. 삶의 궤적은 서로 달라도, 운명공동체인 우리 모두의 공통분모가 바로 군 아닌가.

　내무반에 던져진 수류탄을 몸으로 덮쳐 동료들의 희생을 막은 것으로 알려진 박의원 상병의 미니 홈페이지에는 40여 만 명이 방문해 추모의 글을 남겼다. 꽃도 피우기 전에 꺾여버린 젊음에 대한 안타까움이 절절이 묻어 있다. 차유철 상병의 홈피에는 서로 아버지와 아들로 부르며 절친하게 지냈던 선임병에게 보낸 차 상병의 편지가 소개돼 네티즌들의 눈시울을 적시고 있다.

언론은 대체로 이번 사고의 원인을 '신세대 병사와 구시대 병영문화의 부조화' 때문이라고 지적하고 있다. 비만을 걱정할 정도로 기름진 식사가 제공되고 구타와 가혹행위는 크게 줄어들었지만, 칼잠을 자야 하는 내무반과 재래식 화장실 등 복지시설은 제자리 걸음이고 언어폭력은 여전히 개선되어야 할 과제로 남아 있다. 구시대 병영문화를 바꾸려면 정부당국이 복지 증진을 위해 꾸준히 투자하고 군 구성원 모두가 서로 노력해야 함에는 틀림없다.

그에 못지않게 신세대 병사들의 자세 또한 달라져야 한다. 군 생활이 고등학교 시절의 수학여행이나 대학 동아리 수련회와 어찌 같을 수 있겠는가. 수학여행 때도 입맛에 맞지 않는 식사라도 함께 먹어야 하며 취침시간이 되면 불을 끄고 자리에 누워야 한다. 동아리 수련회에서는 못 부르는 노래도 불러야 하고 때로는 선배들로부터 기합을 받는다. 하물며 군은 살상무기를 지급 받아 국민의 생명과 재산을 지켜야 하며 유사시에는 목숨을 걸고 싸워야 하는 조직 아닌가. 기강이 무너지면 이미 군이 아니다.

세상은 관계와 관계의 연속이다. 인간은 거미줄처럼 얽히고설킨 관계 속에서 자신의 역할에 최선을 다하고 상대를 관심과 배려로 대한다면 갈등을 겪을 일이 없을 것이다. 갈등이 빚어졌다고 해도 이를 극복하고자 노력한다면 인간은 더욱 성숙해진다. 연기자 최불암 씨는 최근 한 인터넷 매체를 통해 "전원일기 같은 대가족 제도가 무너지면서 자기의 의견을 제약 없이 표현하는 젊은이가 늘어나고 있다"고 진단했다. 다시 말하면 오늘날의 젊은이들은 가정에서부터 세대 간 형제 간의 갈등을 체험하고, 이를 윗사람에 대한 존경과 아랫사람에 대한 사랑으로 극복하는 훈련이 부족해 정신적으로 나약해진 것이다.

세상에는 내 마음대로 행동할 수 있는 곳이 어디에도 없다. 절대 권력과 부를 움켜쥔 사람일지라도 마음대로 안 되는 게 세상일이다. 젊은 시절 푸른 제복을 입고 보내는 그 세월은 자신을 연마할 수 있는 참으로 값진 시간이다. 극한 훈련도 겪어보고 억압적 분위기에도 견뎌낼 수 있다면 그 병사는 소중한 보물을 얻은 것이다. 조지훈 선생은 1950년 6월 26일 총성이 들려오는 가운데 고려대에서 마지막 강의를 하면서 "큰일 위해 죽음을 공부하라"고 학생들에게 당부했다. 그는 훗날 같은 제목의 글을 통해 "동물원 우리 안에 있는 사자에게 돌을 던져도 고개를 들어 주위를 살펴보고는 조용히 눈감고 잠을 잔다"며 "참으로 용감한 자는 참고 견딜 줄 아는 법"이라고 갈파했다.

내년쯤 입대해야 할 아들 녀석에게 이번 참극에 대해 물었더니 "그래도 군엔 가야죠"라는 대답이 돌아왔다. 사자새끼라 할지라도 부모 품속에서만 놀다가는 사자가 될 수 없다. 큰 꿈을 가진 젊은이들이여, 고통을 양약(良藥)으로 삼아라.(부산일보, 2005. 6. 24)

포기하지 마,
20대여

결혼을 앞둔 딸아이가 친구들로부터 "네가 부럽다"는 얘기를 자주 듣는다고 한다. 부잣집 아들이나 능력이 출중한 사람과 혼인하는 것도 아닌데 뭐가 부럽다는 것인지 의아스럽게 생각했다. 누구든지 때가 되면 인연 따라 배필을 만날 텐데 말이다. 하지만 딸아이의 얘기를 조금 더 듣고 보니 그들의 심정을 이해할 만도 했다.

대학을 졸업한 뒤 중등교원 임용고시 준비에 3년째 매달린 친구들이 10여 명이라고 한다. 2년 전 단 한 명만 합격하고, 그 이후로는 감감 무소식이라는 것이다. 공인회계사 시험을 준비하는 친구는 잠자는 시간을 빼고는 대학 도서관에서 살다시피 한단다. 공무원 시험이나 대기업 입사 시험을 준비 중인 친구들은 비싼 방값을 지불하고 서울의 골방 같은 고시원에서 생활한다는 것이다.

직장을 얻은 친구들도 우울하기는 마찬가지였다. 이름만 대면 알 만한 정보통신 대기업에 근무하는 젊은이는 최근 전체 직원의 20%나 감원된 구조조정에서 용케 살아남았다. 그러나 그도 안심하기에는 이르다. 언제 잘릴지 모른다는 불안감에 조기출근, 야근은 물론 휴일도 반납해야 한다고 한다. 금융기관에 종사하는 친구는 펀드 가입 고객들의 항의와 욕설에 시달린 나머지 전화 받기가 겁이 난다고 했다.

사정이 이렇다 보니 연애니 결혼은 꿈도 꾸기 어려운 일이 되었는가 보다. 한 친구가 근무하는 경기도 어느 금융기관에는 결혼하고도 아이를 가지지 않는 여직원이 허다하다는 것이다. 딸아이가 결혼과 함께 '이태백(20대 태반이 백수)'의 나라 한국을 떠나는 것을 그 친구들은 부러워했는지 모른다.

중·고교 시절 외환위기를 맞아 부모가 실직했거나 사업에 실패해 고통을 겪었던 20대 중·후반 세대들이 대학을 졸업하자마자 취업대란을 겪고 있다. 연세대 김호기 교수는 이들을 '트라우마 세대'라고 이름 붙였다. 트라우마(trauma)란 신체적 정신적으로 심한 충격을 겪은 뒤 나타나는 정신적 질병을 뜻한다. 대학 재학 시절 학점과 토익점수를 높이려고 안간힘을 다했고, 비싼 돈 들여 어학연수도 다녀왔을 것이다. 그러나 수십 차례 입사지원서를 넣어보아도 '최종 면접'에 나서기도 힘든 게 현실이다. 대학 졸업 전후의 20대들에게 꿈이나 낭만은 사라진 지 오래되었고, 꽉꽉한 현실만 남아 있다. 왜 하필이면 청소년기에 외환위기를 맞았고, 사회에 진출할 무렵 미국발 금융위기에 시달려야 하는지 요즈음의 20대들은 세상이 원망스러울 것이다. '머피의 법칙'을 떠올리는 이들도 있을 만하다.

한 세대의 불행은 그 세대만으로 그치는 게 결코 아니다. 오늘날 '트라우마 세대'가 안은 상처는 그 부모 세대는 물론 자식 세대로까지 이어질 수밖에 없다. 통계청이 2008년 사회조사 결과를 발표한 것을 보면, 부모의 노후 생계를 가족이 책임져야 한다는 답변이 2002년 70.7%에서 올해는 40.7%로 크게 낮아졌다. 대신 가족과 정부, 사회가 함께 책임져야 한다는 대답이 크게 늘어났다. 한마디로 부모 부양의 책임을 정부와 사회에 떠넘긴 것이다. 미혼 여성의 46%는 '결혼해도, 안 해도 그만'이라고 답했다. 세상의 험한 파도를 견뎌내기 힘든 젊은이들이 부모 봉양은 고사하고, 결혼은 엄두도 내지 못하는 게 아닌지 걱정스럽다.

만해 한용운 선생의 시와 사상을 널리 펴려는 경희대 김재홍 교수의 부산 강연회에 엊그제 우연히 참석했다. 김 교수가 준비한 시는 한 행에서부터, 두 행, 세 행, 가장 많아야 다섯 행인 시 7편이었다. 김 교수가 소개했던 짧은 시 몇 편이 20대 젊은이들의 고민을 덜어주었으면 하는 바람이다.

조병화 시인의 시 「천적」은 한 행이다. "결국 나의 천적은 나였던 것이다"가 전부다. 문제의 원인을 바깥에서 찾지 말고 나 자신에서 찾으라는 말로 들린다. 무엇보다도 세상을 향한 원망과 분노, 나아가 패배감까지 떨쳐버려야 한다. 정현종 시인의 시 「섬」은 소통을 강조한다. "사람들 사이에 섬이 있다/ 그 섬에 가고 싶다"고. 단절됨으로써 소외되고, 불안해 방황하는 삶에서 벗어나려면 가족과 친구와 소통해야 한다. 김지하 시인의 「새 봄-9」는 더불어 사는 세상을 노래했다. "벚꽃 지는 것 보니/ 푸른 솔이 좋아/ 푸른 솔 좋아하다 보니/ 벚꽃마저 좋아." 차별하고 분별하는 마음을 버리면 행복은 그리 멀리 있지 않다. 딸아이의 친구들이여, 외국으로 시집가지 않더라도 이 땅도 살 만한 곳이다. 포기하거나 좌절하지만 않는다면. (부산일보, 2008. 11. 28)

수능 마친
젊은이들에게

　하늘은 어찌 입시철을 잊지도 않을까. 기상 관측 사상 가장 무더웠다는 10월이 지나자 입동 추위가 엄습했고, 수능일인 어제는 매서운 초겨울 바람이 몰아쳤다. 무한경쟁 사회에 첫 발을 내딛는 수험생들로서는 몸과 마음이 꽁꽁 얼어붙었으리라. '수능 대박' 이 기대되든, 아니면 망쳐버렸든 이제는 훌훌 털어버리기 바란다. 그대들은 지난 6월 독일월드컵이 열렸을 때 거리 응원장에 달려가고픈 유혹을 떨쳐냈으며, 한여름 폭염을 교정의 매미 울음소리를 벗 삼아 거뜬히 이겨냈다.

　여러분들은 성적이라는 잣대로 사람을 평가하여 줄을 세우는 세상이 원망스러울 것이다. 대학입시만이 아니라, 비좁은 취업문을 뚫는 데도, 직장에서 생존하는 데도, 성적이라는 '꼬리표' 는 그림자처럼 따라다닌다. 그렇다면 경쟁을 두려워하지 말고 차라리 즐기면 어떨까. 내가 하고 싶은 일을 즐기면서 몰입하다 보면 나도 모르는 사이에 경쟁력이 갖춰진다. 자신이 뒤처진다고 생각될 때 좌절하거나 포기해서는 안 된다. 인생은 어차피 마라톤이니까.

긴 여정(旅程)의 출발선에 선 그대들의 장도를 축하하면서 사족(蛇足)이나마 몇 마디 덧붙이고자 한다. 국문학자 조윤제 선생이 우리 민족의 특성이라고 했던 은근과 끈기야말로 오늘의 젊은이들이 갖추어야 할 덕목이라고 강조하고 싶다. 춘향전의 해피엔딩은 춘향과 이도령의 은근과 끈기 덕분이며, 발효식품인 고추장, 간장, 된장이 웰빙식품으로 손꼽히는 것도 오랜 기간 장독 속에서 곰삭았기 때문이다. 온갖 벌레가 달라붙어 괴롭혀도 몇 달 동안 왕성하게 피어나는 무궁화의 아름다움은 강인한 생명력에서 비롯됐다. 춘향이 권력의 꼬드김에 넘어갔더라면 이미 춘향이 아니다. 무궁화는 봄볕의 유혹에 못 이겨 서둘러 피었다가 금세 지고 마는 벚꽃과는 달리 대기만성(大器晩成)임을 알아야 한다.

로마는 하루아침에 이루어지지 않았다는 격언이 있지 않은가. 어떤 일이든 땀 흘리지 않고 성취하려고 하지 말라. 논술 시험을 예로 든다면, 참고서 몇 권 읽거나 1~2개월 학원 다닌다고 성적이 향상되는 게 아닌 줄 잘 알고 있을 것이다. 어릴 때부터 책 읽는 습관을 기르고, 사색하고 정리하는 노고가 쌓여야만 기초가 다져지는 것 아닌가. 장래가 촉망되던 벤처기업인들이 각광을 받은 지 얼마 되지 않아 부도를 내거나 법의 심판을 받는 것도 마찬가지다. 빠른 시일 내 정상에 오르겠다는 조바심에 되레 덜미를 잡혔기 때문이다. 노무현 정부의 부동산 정책이 번번이 실패한 것도 단기간에 효과를 거두겠다는 '속성(速成)' 습관 탓이다.

은근과 끈기를 갖춘 사람이라면 사물의 겉모습만 보고 판단하지 않는다. 어떤 사물이든 지금 이 모습이 되기까지 오랜 산고(産苦)가 있었음을 명심하라. 한여름 매미의 요란한 울음소리는 짝을 찾아 종족을 보존하기 위한 처절한 노력임에 다름 아니다. 애벌레 상태로 5년, 심지어는 17년 동안 흙 속에 있다가 어른 매미가 되어서는 불과 보름도 안 돼 알을 낳고는 죽고 만다. 하동이나 보성에서 생산하는 녹차는 가마솥에서 덖고 멍석에 말리기를 8~12차례 거듭해야 하는데, 녹차 1킬로그램을 만들려면 차나무 잎 73,000여 장이 들어간다고 한다. 우리 입에 들어오는 밥 한 숟가락에도 농부의 노고와 어머니의 정성, 햇빛과 비와 흙의 조화가 담겨 있다. 이와 같은 세상의 이치를 깨달으려면 내면의 힘을 길러 세상을 직관할 수 있어야 한다. 이 역시 실패와 좌절, 눈물과 번민 속에 저절로 터득하는 것이지 속성학원에서는 배울 수 없다. 발명왕 에디슨이 '실패는 성공의 어머니'라는 명언을 남긴 것은 그 또한 실패를 밥 먹듯이 했기 때문이리라.

"나팔꽃은 나팔꽃대로, 채송화는 채송화대로……." 선승들이 자주 인용하는 표현이다. 나팔꽃은 채송화더러 왜 나와 다르게 생겼느냐고 나무라지 않고, 채송화도 역시 나팔꽃을 탓하지 않는다. 모든 생명체는 모습은 서로 다르지만 고유의 아름다움과 값어치를 지니고 있다. 은근과 끈기를 갖춘 사람은 차이를 인정하면서도 차별을 하지 않는, 겸허한 사람이며 더불어 살아갈 줄 아는 이다. 겸허한 자는 남의 말을 경청하면서도 자신의 행동에 대해서는 반드시 책임질 줄 안다. 입만 열면 남의 탓하기에 바쁜 벼슬아치들은 얼마나 어리석은 사람들인가.

넓은 세상으로 나아가는 젊은이들이여, 심호흡하고 멀리 내다보라. 당신들의 어깨에 나라의 미래가 걸려 있으니, 수능 한 번에 일희일비(一喜一悲)하지 말라. (부산일보, 2006. 11. 17)

노인도 일해야
나라가 산다

　"3~4년 지나면 직장에서 나와야 하는데, 생계는 둘째 치고 소일하기가 큰 걱정이다." 휴일 오후, 폭우 때문에 산책조차 힘들다며 선술집을 찾은 A 씨가 한숨을 내쉬었다. 업무상 고객들과 가끔 찾던 골프장을 퇴직 이후에도 드나들 수는 없고, 농사 경험이 없는 사람이 전원생활을 꿈꾸기도 어렵다는 말이다. 취미생활을 해보라고 권했지만 엄두가 나지 않는다며 고개를 가로저었다.

　은행 간부인 친구 B 씨는 소박한 꿈을 갖고 있다. 서울 집을 팔아 고향인 부산으로 이사하면 개인택시 1대 구입할 여윳돈은 생긴단다. 퇴직금과 연금으로 기본 생활을 영위하고, 택시 운전으로 용돈 벌고 소일한다는 계산이다. 며느리나 손자에게 반찬값이나 용돈을 쥐어주고, 승객들로부터 들은 세상 이야기 덕분에 화제가 풍부해져 적어도 '눈칫밥'은 먹지 않을 것이라는 이야기다. 구조조정의 광풍 속에서도 아직도 용케 자리를 지키는 중년 직장인들은 A 씨의 한숨과 B 씨의 꿈을 이해하리라.

　한국인 평균 수명이 77세인 시대에 40대 후반~50대 초반 퇴직자들은 여생 25~30년을 어떻게 보낼 것인가. 행복한 노후가 아니라면 늘어난 수명은 결코 축복이 아니다. 한국은 65세 이상 노인이 전체 인구의 7%를 넘어선 고령화 사회에 이미 진입한 데다, 가임 여성 1명이 평균 1.08명만 낳는 세계적인 저출산 국가가 되었다. 이런 추세라면 한 사람이 벌어 부모와 친조부모, 외조부모를 부양해야 한다. 대책 없이 자식이 효도하기를 기다리다가는 낭패를 당한다.

먹고사는 문제만 초월한다면 '마이 웨이'는 여러 가지가 가능하다. 지난해 11월 105세를 일기로 타계한 최태영 박사처럼 학문과 저술에 몰두하는 경우도 있다. 최 박사는 법학 교수였지만 여든이 넘은 나이에 한국상고사 연구에 매진해 명저(名著)를 여럿 남겼다. 통영의 전혁림 화백은 91세의 고령에도 붓을 놓지 않고 있으며, 서울 영등포에서 '신호등 할아버지'로 통하는 임진국(90) 옹은 42년째 교통정리 봉사활동 중이다. 고교 교장 출신인 부산의 최현모(73) 선생님은 불교 수행과 국제포교를 하느라 나이를 잊고 지낸다. 하지만 경제적 여유 없이도 아름다운 노후를 보내려면 상당한 '내공(內功)'을 쌓아야 한다.

노인들은 젊은이 못지않게 세상사에 관심을 갖고 참여하고 싶어 한다. 각종 선거에서 노년층의 투표율이 훨씬 높았음을 상기해 보라. 그러나 세월이 흐를수록 노인들을 '뒷방 늙은이'로 밀려나고 있다. 경제적 빈곤과 질병, 소외감 등 노인들의 고민을 한꺼번에 해결할 수 있는 최선의 방안은 일자리 제공이다. 노동을 통해 삶의 활력을 얻어 소외감을 극복하고, 경제적 궁핍에서 벗어나며 건강도 되찾을 수 있다.

삼성경제연구소는 지난 2003년 펴낸 연구논문 「늙어가는 대한민국」에서 고령 및 여성 인력을 활용하지 않고는 지속가능한 경제성장이 어렵다고 지적한 바 있다. 정부도 저출산 고령화 추세의 심각성을 인식한 끝에, 올해 사회적 일자리 13만 3,000개 가운데 노인 일자리 8만 개를 공급한다. 취지는 좋으나 문제는 일자리의 질(質)이다. 국고와 자치단체 예산을 포함해 모두 1,084억 원으로 13만여 명의 일자리를 만들어야 하니 저임금 임시직일 수밖에 없다. 하루에 3~4시간, 1주일에 3~4일 일하며 월 20만 원가량 지급받는다. 그것도 6~7개월 일하면 그만이다. 이 정도로는 '언 발에 오줌 누기'에 불과하다. 예산 탓만 할 때가 아니다.

노인들의 사회활동을 장려하는 문화가 조성되고 우수한 인력을 활용하려는 제도적 뒷받침이 절실하다. 과거 중동 건설현장을 누볐던 50대 후반의 노련한 기술자들이 나이 때문에 국내에서 푸대접받고는 다시 외국 기업을 찾고 있지 않은가. 일본에서는 60세이던 정년을 65세로 늘리는 이른바 '정년연장법'이 지난 4월부터 시행돼 퇴직했던 할아버지들이 재입사하고 있다. 독일 메르켈 정부도 정년을 65세에서 67세로 높인다고 한다. 노인 일자리 확충은 국가의 시혜(施惠)가 아니라 국가경쟁력 향상을 위해 더 이상 미룰 수 없는 절박한 과제가 되었다. 일하지 않고 부양만 받는 계층이 늘어나면 나라 전체가 가라앉을 수밖에 없다. 청년들은 말할 것도 없고 노인들도 일해야 행복해진다. 어쨌거나 일자리 창출이 이 시대의 '화두(話頭)'다. (부산일보, 2006. 5. 19)

아름다운 노년은
꿈인가

　망백(望百)의 고개를 넘긴 93세의 노인이 손자뻘, 아니 증손자
뻘 되는 젊은이들과 어깨를 겨루며 전국기능경기대회에 출전했다
고 하여 화제를 모은 바 있다. 18세 때 독학으로 배운 시계수리 기
술로 함북 청진, 중국 동안성을 거쳐 서울 남대문시장까지 75년째
외길을 걸어온 노익장이다. '사오정(45세 정년퇴직)' 이니 '오륙도
(56세까지 회사에 남아 있으면 월급 도둑)' 니 하는 우스갯소리가
유행하고 있는 시절에 이 어른은 '영원한 현역' 임을 자랑하고 있
으니 노인들은 물론 중장년층의 부러움을 살 수밖에 없다.

　봉사단체인 '아름다운 사람들' 이 지난 26일 오후 성지곡공원에
서 개최한 노인 무료급식 및 공연잔치에는 300여 명의 할머니, 할
아버지들이 참석해 어깨춤을 추기도 하고 동료 노인들의 노래자랑
에 열광하기도 했다. 용돈벌이는 고사하고 소일거리를 찾기도 쉽
지 않은 노인들로서는 모처럼의 잔치마당이 신명나지 않았겠는가.

　우리나라는 65세 이상 인구의 비중이 지난 2000년에 7%를 넘어
서 유엔이 규정한 고령화사회에 들어섰고, 오는 2019년에는 14%

를 넘어 고령사회에 진입할 전망이다. 평균수명은 갈수록 늘어나는데 2001년 출산율은 여성 1인당 1.3명으로 세계에서 가장 낮은 수준이니 고령인구의 비율은 급속도로 증가할 수밖에 없다.

인구의 고령화는 심각한 사회 경제적 문제를 야기한다. 노동인구의 감소로 성장잠재력은 약화되고, 건강보험이나 국민연금 재정에 위기를 불러올 것이다. 한국노동연구원의 연구결과를 보면 인구의 고령화는 향후 50년 동안 실질 GDP성장률을 연간 약 1.5%포인트 감소시키고, 연금, 의료 등 고령화와 관련된 재정지출이 현재 2%에서 50년 후에는 8.5%로 증가하여 OECD 국가 가운데 최고의 증가율을 나타내 국가재정에 막대한 부담을 줄 것으로 우려하고 있다. 국제통화기금(IMF)은 3월 20일 공개한 '한국 금융시스템 보고서'에서 국민연금이 한국 정부의 예상보다 15년가량 앞당겨진 2020년 이후부터는 적자로 돌아설 것이라고 경고했으니 지금의 40대가 60대가 될 때는 국민연금조차 제대로 탈 수 있을지 걱정스럽다.

개인적으로 노후를 철저하게 대비하지 못하면 처량한 노년을 맞을 가능성이 높다. 통계청이 3만 가구를 표본 조사한 결과 35%, 특히 여성 가구주 55.8%가 노후준비를 하지 않고 있는 것으로 나타났다. 노후준비를 하는 40대 가구주의 31.1%는 공적 연금에만 의존하고 있어 노년에 자식들 눈치 봐야 할 가정이 50%에 이르고 있다. 왜 젊어서 부지런히 돈 벌고 저축하지 않았느냐고 나무랄 수 있겠지만 보통 국민의 절반이 노후 불안에 시달리고 있다면 국가 차원에서도 예사 문제가 아니다. 따라서 용두산공원이나 성지곡 공원에서 바둑이나 장기를 두며 소일하는 노인들이 경제 활동 현장에 나서고 사회참여를 할 수 있는 문호를 대폭 늘려야 한다.

청년 실업자도 부지기수인데 노인 일자리가 웬 말이냐고 하겠지만, 청년은 청년대로 노인은 노인대로 일할 능력이 있으면 일자리가 주어져야 복지사회를 이룰 수 있다. 우선 현행 정년제도에 대한 전면적인 재검토가 이뤄져야 한다. 평균 수명이 75.9세인데 평균 정년은 55세로 직장을 그만둔 뒤 20년가량의 공백이 생긴다. 전체 근로자 가운데 50세 이상은 5%에 불과한 실정이다.

영국은 연금재정 악화를 막기 위한 방편으로 보통 60세이던 정년을 70세로 늘려 입법화할 계획을 밝혔고, 미국은 70세로 연장했다가 아예 정년제를 폐지한 상태다. 대한은퇴자협회가 조사한 바로는 우리 국민들이 원하는 적정 정년은 65.2세로 현행보다 10년은 늘려야 한다는 것이다.

정년 연장에 따른 기업의 부담을 줄이기 위해서는 일정 연령 이후에는 임금이 점차 줄어드는 임금피크제의 도입도 검토할 필요가 있다. 고용시장의 유연성을 증대시켜 노인취업에 알맞은 직종을 개발하고, 고령자를 고용하는 기업에 고용촉진장려금을 지원하는 방법도 있을 것이다. 중·장·노년층이 사회의 낙오자로 전락하면 젊은이들이 부담을 떠안을 수밖에 없다. 지금부터라도 고령사회에 대비한 활발한 논의가 시작돼야 한다. '아름다운 노년'이 이루어질 수 없는 꿈은 결코 아니다. (부산일보, 2003. 5. 2)

잠수종과 나비

　프랑스 패션잡지 〈엘르〉의 편집장이었던 장 도미니크 보비는 『잠수종과 나비』라는 자전적 소설을 남겼다. 이 소설을 바탕으로 한 같은 이름의 영화가 얼마 전 국내에서도 상영돼 관객들에게 잔잔한 감동을 안겨주었다. 부와 명예로는 남부러울 것이 없었던 보비는 어느 날 갑자기 전신마비 환자가 되었다. '감금 신드롬(locked in syndrome)'이라는 희귀병이었다. 움직일 수 있는 것은 왼쪽 눈꺼풀 뿐. 언어치료사가 알파벳을 읊으면 그는 말하고 싶은 철자에 눈을 깜박여 의사소통을 했다. 그의 몸은 잠수종(潛水鐘, 철교공사를 할 때 물 속에서 작업할 수 있도록 만든 종 모양의 물건) 속에서처럼 갇혀 있어야 했지만, 영혼은 나비처럼 자유로웠다. 보비는 1년 3개월 동안 20만 번 이상 눈을 깜빡인 끝에 이 소설을 완성시켰다고 한다. 그는 절망의 끝자락에서 희망을 노래했고, 죽어가면서도 "고맙다"는 말을 남겼다.

　그런데 보비가 유명인사가 아니고 그저 그런 사람이었다면 멋진 병원에서 훌륭한 의료진의 도움을 받을 수 있었을까. 더욱이 죽음을 앞두고 소설을 쓸 엄두라도 낼 수 있었을까. 프랑스가 아니고 한국이었더라면 가능했을까. 이런 의문을 던지는 사람도 적지 않을 것이다. 알츠하이머병을 앓았던 로널드 레이건 전 미국 대통령의 아들 론 레이건 씨는 뇌질병의 무서움을 알리기 위해 일종의 '홍보대사' 역을 맡아 활동하고 있다. 그는 지난달 하순 '월드사이언스 포럼' 참석차 한국을 찾아, "아버지의 경우 국가 지도자였고 상대적으로 부자였기 때문에 집에서 머물며 전문가들의 도움을 받을 수 있었다"고 솔직하게 밝혔다. 그는 "대부분의 알츠하이머 환자는 요양원에서 치료를 받는 것이 미국의 현실"이라며 "국가와 사회가 환자를 위한 최선의 의료제도를 제공하고 있는지 돌아봐야 할 것"이라고 꼬집었다.

우리나라에서도 노인요양 시설이 최근 크게 늘어났지만, 보통 사람들의 경제력으로는 여전히 힘에 부친다. 국내 치매 환자는 2005년 기준으로 36만 명이다. 대한치매학회는 노인 인구의 증가 추세로 미뤄 2020년에는 70만 명으로 꾸준히 늘어날 것으로 전망하고 있다. 2020년 치매유병률이 9% 수준이라면, 65세 이상 노인 10명 가운데 1명 꼴로 치매에 걸린다는 이야기다. 노인성 질환인 중풍이나 말기암을 포함하면 장기 요양을 필요로 하는 환자는 훨씬 많을 것이다. 만약 내 부모가 치매나 중풍에 걸리거나, 내가 보비처럼 희귀병에 시달리게 된다면 어떻게 할 것인가. 국민건강보험공단이 인터넷 홈페이지를 통해 소개한 치매 환자 가족들의 사연만 해도 예사롭지 않다. 치매에 걸린 시부모를 간병하느라 지칠대로 지친 며느리가 이혼할 것을 고민한다든가, 낮 시간에 돌볼 가족이 없어 직장과 집을 오가며 아버지를 간병하던 가장의 피곤한 삶을 듣노라면 가슴이 저민다. 각종 노인성 질환에 대한 치료와 요양을 환자 개인 또는 가족의 몫으로 맡겨버린 게 우리 의료복지의 현주소임을 부인할 수 없다.

오는 7월부터는 노인장기요양보험 제도가 시행된다고 한다. 국민건강보험, 국민연금, 산업재해보험, 고용보험에 이어 새로운 사회 안전망이 설치되는 셈이다. 정부는 물론 국민 개개인의 부담도 적지 않다. 건강보험료의 4.05%를 더 부담해야 한다. 장기요양을 필요로 하는 노부모를 모신 가정은 든든한 후원자를 만난 셈이지만, 그렇지 않은 경우는 새로운 부담이 된다. 그런데 장기요양보험이 시행되면 총 인구의 0.3%, 노인 인구의 3.1%에 불과한 16만 명에게만 혜택이 돌아간다고 한다. 대한치매학회가 파악한 2005년 기준 치매환자 36만 명은 물론, 2020년 70만 명에는 턱없이 부족한 숫자다.

노인장기요양보험이 시작되면 이미 혜택을 받아왔던 기초생활수급자의 상당수는 등급 판정에서 탈락돼 혜택을 받지 못하게 된다. 장기요양보호가 필요한 환자 72만 명 가운데 56만여 명이 탈락돼야 할 처지다. 한정된 예산 때문에 어쩔 수 없다고 이해할 수도 있지만, 요양보험의 사각지대라고 할 수밖에 없다. 노인 요양시설이 들어설 지역 주민들이 혐오시설이라며 민원을 제기하고 있는 것도 안타깝기는 마찬가지다. 프랑스의 보비나 미국의 레이건만큼은 아니더라도, 우리의 노인들도 삶을 안락하게 마무리할 권리가 있다. 그래야만 그 자식들의 삶도 여유로워질 것이다. 보비 같은 인간승리의 사례가 우리 어르신들 가운데서 나올 수도 있는 일 아닌가. 미리 꼼꼼하게 준비하면 '사회적 효(孝)'를 얼마든지 실천할 수 있다. 가족의 의미를 되새기게 하는 5월이다. (부산일보, 2008. 5. 2)

공시(公試) 열풍
이대로 좋은가

　서울시 7 · 9급 공무원 시험일인 지난 8일 서울역은 전국에서 모여든 응시생들로 북새통을 이루었다. 이날 아침 일찍 부산에서 출발한 KTX 열차 승차권은 지난 5월에 이미 매진되었다고 한다. 1,732명 모집에 91,600명이 시험을 치러, 경쟁률이 53대 1에 달했다. 103개 고사장에 시험감독관만 무려 14,600명이 동원되었다. 입신양명과 가문의 영광을 위해 사력(死力)을 다해야 했던 조선시대의 과거시험을 연상시킨다.

　경쟁률도 갈수록 높아진다. 1999년 서울시가 거주지 제한을 없앤 뒤 응시 인원이 폭발적으로 늘어났다. 2002년 26,000명 응시에 경쟁률이 46.1대 1이었는데, 2006년에는 98,800명이 응시해 104.8대 1을 기록했다. 대학 신입생부터 전공과목은 뒷전인 채 공무원 시험에 뛰어든다고 한다. 고용불안이나 업무 스트레스에 시달리던 직장인들도 '파랑새'가 되어 공직을 꿈꾼다. 전국적으로 한 해 공무원 시험 응시자는 40만 명으로 추산된다. 채용 규모는 17,000명 수준에 불과하다. 얼핏 계산해도 20대 1을 훨씬 넘는 '바늘구

명'이다. 사정이 이러니 공무원 시험을 준비하는 사람을 뜻하는 '공시족(公試族)'이나, '공시낭인', '공시폐인' 같은 신조어가 등장한 것 아닌가.

한 취업정보업체가 20~30대 직장인들에게 희망 직업을 물었더니 공무원과 교사(37.9%)가 단연 1위였다. 배우자가 갖기를 바라는 직업도 남자는 공무원과 교사가 1위였으며, 여자는 2위였다. 직장인들이야 직장생활의 쓴맛을 보았기 때문이라고 수긍할 수 있다. 그런데 꿈이 많아야 할 청소년 세대에서도 공직 선호 현상이 마찬가지라면 어떻게 받아들여야 할까. 지난해 12월 통계청 조사에서, 15~24세 청소년이 근무하고 싶은 직장 1위가 국가기관(33.5%)이었으며 공기업도 11%를 차지했다.

한국의 조선업은 누가 뭐래도 세계 1위다. 중국이 맹렬하게 추격하고 있지만 몇 년 동안은 끄떡없어 보인다. 그런데 지난해 하반기 대기업 입사시험에 합격하고도 포기한 비율이 업종별로 석유・화학(32.5%)에 이어 조선과 중공업(24%)이 2위를 차지했다. 놀면 놀았지 힘든 일은 하기 싫다는 뜻이다. 사기업 입사 포기율이 평균 15.2%인 데 비해 공기업은 불과 3.9%였다. 공직 선호 바람은 예외가 없었다.

'공시 열풍'의 원인을 어디에서 찾아야 할까. 국내 기업들이 투자를 기피하고 신규채용의 문호를 활짝 열지 않는 것도 공무원 시험 열풍을 부채질했다. 나이나 성별, 전공과 지역 연고에 차별을 두지 않는 공무원 시험의 매력도 작용했던 게 사실이다. 하지만 가장 큰 원인은 공직의 안정성 때문이다. 외환위기 이후 수많은 기업이 무너졌다. 살아남은 기업에도 구조조정의 칼바람이 몰아쳐 직장인들이 거리로 내쫓겼다. 직장 선택의 첫째 조건이었던 급여수준과 복리후생은 이제 후순위로 밀려났다. 정년이 보장되고 웬만하면 퇴출당하지 않는 신분보장이 가장 중요한 가치가 되었다. 전문직 종사자를 제외하고 공무원, 교사, 공기업만큼 안정적인 직장이 어디 있는가.

우수한 인재들이 국가 경영에 참여하고 국민들에게 봉사하고자 하는 것은 나무랄 일이 아니다. 그러나 젊은이들이 투철한 국가관과 봉사정신을 갖추지 않은 채 소시민적 안락을 추구하고자 공직을 지망한다면 걱정스럽다. 공직자는 귀찮은 일도 기피하지 않아야 하며, 때로는 골치 아픈 경쟁도 벌여야 한다. 소명의식이 없는 사람들이 지망할 곳이 아니다. 정약용 선생의 목민심서에 '귀장(歸裝)', 즉 공직을 마치고 돌아갈 때의 차림새에 대한 구절이 나온다. 여윈 말과 낡은 수레를 타고 행장에 별다르게 지닌 것이 없어야 한다고 했다. 다산 선생은 오직 맑은 바람만이 사람을 엄습하는 초연함이 있어야 한다고 강조했다. '공복(公僕)'이라는 초심을 잃으면, '박봉(薄奉) 타령'을 늘어놓거나 '검은 돈'에 눈이 멀어 패가망신하기 쉽다.

한국직업사전에 1만 개가 넘는 직업이 나온다. 많고 많은 직업 가운데 공직으로만 젊은이들이 쏠리는 현상은 국가 자원의 낭비와 왜곡을 불러온다. 불가능한 일에 도전하고 세계와 경쟁하려는 패기와 도전정신이 아쉽다. 지난 60~70년대 오대양을 누볐던 선원들과 열사(熱沙)의 땅 중동에서 땀 흘렸던 노동자들이 벌어들인 달러가 한국 경제의 밑거름이 되었다. 불도저처럼 밀어붙였던 정주영 씨나 세계 경영에 나섰던 김우중 씨 같은 기업인들의 도전정신을 젊은이들이 배웠으면 싶다. 꿈과 열정, 도전정신이 없다면 젊은이가 아니라 '애늙은이' 다. (부산일보, 2007. 7. 13)

도연명 흉내 내기,
귀향

한미자유무역협정(FTA)이 타결된 이후 농민들의 걱정은 이만저만이 아니다. 미국이 뒤늦게 '딴죽'을 걸고 나왔는데, 우리 농민들의 입장에서는 재협상한다고 하여 유리해질 것이라고 기대하기는 어렵다. 정부는 엊그제 FTA 보완책 토론회를 갖고 은퇴한 고령농에 10년간 생활안정비를 지급하는 등 농업 경쟁력 확보 방안을 논의했다. 농민들의 시름도 덜어줘야 하지만, 농촌을 근본적으로 탈바꿈할 수 있는 방안은 없을까. 도시 과잉인구의 농촌 이주가 농촌을 살리며 도시도 살리는 길이 아닐까.

얼마 전 경북 청도의 한 마을을 방문할 기회가 있었다. 조그마한 기업을 운영하던 '산 친구'가 외환위기 후폭풍을 맞아 주저앉고는, 방황 끝에 이 마을에 자리 잡았기 때문이다. 농가 신축현장에서 일하다가 먼지투성이 작업복 차림으로 달려 나온 그의 모습에 일행들은 깜짝 놀랐다. 하지만 그가 거처하는 농가는 딴판이었다. 이 집의 위채는 입식 주방에 보일러 시설을 갖춘 현대식 가옥이었으며, 아래채는 군불로 데우는 황토방이었다. 300평 가까운 마당에 이름난 청도 감나무가 열병하듯 줄지어 섰고, 갓 일군 텃밭은 한 가족 먹을거리로는 충분할 정도였다. 월세 10만 원에 이 집을 빌렸다는데, 마음씨 좋은 집주인은 감나무와 밤나무 과수원 800 평을 거저 내주었다고 한다. 이 마을은 미나리 재배와 감 농사만으로 가구당 연소득이 5,000만 원에서 1억 원에 달한다고 했다. 친구의 귀농이 성공적일지는 미지수다. 하지만 그의 용기는 부러웠다.

1,600년 전 중국의 도연명은 "쌀 다섯 말(五斗米, 적은 급여) 때문에 허리를 굽혀 소인을 섬길 수 없다"며 벼슬을 내던지고「귀거래사(歸去來辭)」를 읊었다. "자, 돌아가자/ 고향 전원이 황폐해지는데 어찌 돌아가지 않겠는가/ 지금까지 고귀한 정신을 육신의 노예로 만들어 버렸다/ 어찌 슬퍼하여 서러워만 할 것인가." 그는 죽을 때까지 20여 년 동안 가난과 벗했지만, 자족(自足)했다. 20세기 미국의 스콧 니어링, 헬렌 니어링 부부도 상류층의 안락함과 사회적 지위를 모두 버리고 '자발적 가난'을 택했다. 그들은 모두 백 살이 넘을 때까지 버몬트 숲속에서 살았다. "해 뜨면 일하러 가고/ 해 지면 쉴 곳을 찾네/ 목을 축이는 우물을 파고/ 먹을 걸 주는 땅을 일구며/ 거둔 것을 나누네/ 왕도 부럽지 않네"라는 헬렌의 글귀처럼 그들의 삶은 자연과의 조화 그 자체였다.

전원생활을 꿈꾸는 사람들이 적지 않다. 귀농학교마다 예약이 줄을 잇는다고 한다. 외환위기 직후엔 농촌에서 재기의 발판을 마련하려는 생계형 귀농이, 2~3년 전부터는 자연친화적 삶을 지향하는 웰빙형 귀농이 늘어나고 있다. 평균 수명은 늘어나는데 퇴직 시기는 앞당겨져 은퇴 이후의 삶이 큰 걱정거리가 된 것도 '귀농 열풍' 의 요인이다. 주 5일 근무제도가 확산되면서 전원생활의 유혹도 더욱 커졌다. 지난해 농림부가 서울과 6대 광역시에 거주하는 베이비붐 세대(1955~1963년생) 1천 명을 대상으로 실시한 조사에서 56.3%가 은퇴 후 농촌으로 이주할 의향이 있다고 응답했다. 실지로 1996년부터 2005년까지 2만여 가구가 귀농행렬에 올랐다. 그런데 농촌에 터 박고 뿌리내린 가구는 30%가량에 불과한 것으로 추정되고 있다. 농촌생활이 결코 만만한 것이 아니기 때문이다.

도시인의 농촌 이주는 도시의 과밀화를 완화시키고 공동화된 농촌에 활력을 불어넣어준다. 젊은이들에게는 일자리를 제공해주고 은퇴한 도시 노인들에게는 복지 대안이 될 수 있다. 그러자면 지금 이대로는 곤란하다. 농촌의 생활불편을 해소하고 일정한 소득을 보장할 수 있는 일거리가 마련돼야 한다. 정부는 2006년에만 국고 260억 원을 들여 전국 55개 지역에서 전원마을 사업을 펼치는 중이다. 지자체나 개인 동호회가 20가구 이상의 전원마을을 만들 경우 도로, 상하수도 등 기반시설을 지원하는 사업이다. 성과가 어떨지는 알 수 없으나, 시대 변화에 알맞은 방향이다.

교육과 의료, 문화시설의 확충 등 소프트웨어 지원도 아쉽다. 일정 수준의 소득 보장도 관건이다. 인구 증가 운동을 펼치는 각 시군이 도시인의 농촌 생활 길잡이 역할을 자임하고 나서야 한다. 귀농자 지원 조례를 제정한 전남 강진군이 모범사례다. 강진군은 농업시설에 3,000만 원을 지원하고, 귀농자에게 치료비 50% 감면 혜택을 주기로 했다. 도연명 같은 '고수(高手)'나 니어링 부부 같은 생태주의자는 아무나 도달할 수 있는 경지가 아니다. 농업 보호 위주인 농정이 도시 인구 유입을 통한 농촌 활성화에도 관심을 가졌으면 한다. (부산일보, 2007. 6. 1)

태양은
농촌에서 먼저 뜬다

　하늘은 높고 말은 살찐다는 시월 초순, 마음의 티끌을 씻어내려고 나들이에 나섰다. 특별히 만날 사람도, 가볼 곳도 없었으나 여로(旅路)는 경북 문경에서 소백산 벌재를 넘어 충북 단양과 강원도 영월, 다시 경북 봉화와 영주, 의성으로 이어졌다. 몇 분을 달려도 자동차 한 대 마주치기 어려운 한적한 시골길을 여행하다 보면 "아, 이곳이야말로 숨 쉬고 살 만한 곳이구나"하는 탄성이 저절로 나왔다. 들녘엔 황금물결이 넘실거리고 산자락엔 새빨간 사과가 수확의 손길을 기다리고 있었으며 농가 뒤뜰엔 노오란 감이 주렁주렁 매달려 있었다. 봄여름 내내 씨 뿌리고 가꾸며 땀 흘린 노고가 없었다면 어찌 이 가을의 풍요를 누릴 수 있었겠는가.

　나그네가 주마간산(走馬看山)식으로 곁눈질한 것이지만 우리 농촌은 활력을 잃은 지 이미 오래됐다. 농촌에서 어린이나 청·장년층을 만나기란 여간 어려운 일이 아니다. 지난 7월 농촌 체험활동을 통해 실효성 있는 농촌정책을 마련하겠다고 경북 영천을 방문했던 여당 의원들이 인구가 300명쯤 되는 마을에 50세 이하 '청년'이 겨우

열댓 명밖에 안 돼 놀랐다고 한다. 오죽했으면 문경의 어느 마을은 입구 표지석에 '고향을 잊지 말자' 라고 새겨놓았겠는가. 고향 떠난 젊은이들의 마음이라도 붙잡고 싶은 안타까운 심정을 읽을 수 있다.

유엔은 65세 이상 인구 비율이 20%를 넘은 사회를 '초고령 사회' 라고 정의하고 있는데, 남해, 의령 등 경남 7개 군, 의성, 봉화 등 경북 8개 군 등 전국 35개 군이 이미 초고령 사회에 진입했다. 젊은이가 없는 농촌에서는 어른들이 오랜 세월 동안 체득한 영농 노하우를 전수받을 수 없을 뿐 아니라, 새로운 도전과 투자를 할 수 없다. 전통과 단절되며 미래를 꿈꿀 수도 없다.

농촌의 교육 문화 복지시설이 열악한 것은 제쳐놓더라도, 농사를 지어봐야 빚더미만 안게 되니 젊은이들이 떠나기 마련이다. 통계청의 자료에 따르면 우루과이라운드가 체결된 1995년 1,601만 원이던 농촌 가구당 농업총수입이 2004년 2,662만 원으로 1.5배 늘어난 사이 농업경영비는 1995년 554만 원에서 2004년 1,457만 원으로 3배 가까이 증가했다. 따라서 비용을 뺀 농업소득은 1995년 1,047만 원에서 2004년 1,205만 원으로 큰 변동이 없어, 농민들은 근처 공장에 취업하거나 막노동, 허드렛일을 하면서 농외소득에 의존하게 된다. 농가부채는 10년 새 4배 가까이 늘어나 2003년 가구당 2,697만 원에 달했다. 문민정부와 국민의 정부 10년 동안 '돌아오는 농촌' 을 만들겠다며 천문학적 예산을 쏟아 부었지만 남은 것은 농가부채뿐이다. 박홍수 농림부장관이 지난 8월 전국의 농어촌 이장 6만여 명에게 "농업인과 정부 사이의 가교역할을 해 달라" 며 편지를 보냈지만, 농정에 대한 불신이 쉽사리 해소되지 않을 것이다.

"후진국이 공업화를 통해 중진국으로 도약할 수 있지만 농업과 농촌이 발전하지 않는다면 선진국으로 진입할 수 없다"는 노벨경제학상 수상자 사이먼 쿠즈네츠의 말을 빌리지 않더라도, 피폐해진 농촌을 더 이상 방치해서는 안 된다. 청년실업과 고령화 사회, 비위생적 수입농산물의 폭증, 주5일 근무제와 참살이(웰빙) 열풍을 동시에 해결하고 충족시킬 수 있는 열쇠를 농촌에서 찾아야 한다. 참여정부가 의욕적으로 추진 중인 지역균형발전 정책과 지역혁신운동은 공공기관의 지방 이전에 그칠 것이 아니라, 농촌 살리기로 이어져야 결실을 맺을 수 있다.

전남 나주시 세지면의 멜론 재배 공동정산제는 농협과 농민, 나주시가 똘똘 뭉쳐 지역혁신을 이뤄낸 모델이다. 농협이 멜론을 전량 수매해 공동출하, 공동정산함으로써 2003년 100만 달러 수출탑을 수상했으며, 이제 전국 제1의 멜론단지로 성장했다. 정부와 지방자치단체, 대학과 연구소, 기업과 농민조직이 유기적으로 결합하여 농촌 특성화, 특화 상품 개발에 진력해야 한다. 때마침 서울에서 도시민과 농민의 상생과 화합을 위한 '농촌사랑 도농행사 한마당'이 노무현 대통령이 참석한 가운데 열렸다. 사람과 사람, 지역과 지역이 서로 협동할 때 우리 농촌에서도 희망의 싹을 찾을 수 있을 것이다.

'태양은 농촌에서 먼저 뜬다.' 봉화의 한 산간 마을 입구에 내걸린 이 문구에는 농촌을 되살리겠다는 농민들의 의지가 절절이 배어 있었다. (부산일보, 2005. 10. 14)

개천에서 용 나기는
옛이야기인가

　며칠 전 들렀던 한 음식점에서 종업원으로 일하는 아주머니가 평소와 달리 풀이 죽어 있었다. 왜 그러느냐고 물었더니, 대학 등록금 때문이라고 했다. 잡화행상을 하는 남편과 자신의 수입을 몇 개월 모아 600만 원을 저축했는데, 두 딸의 등록금을 내고 나니 통장에 겨우 10만 원 남았다는 것이다. 나는 막내아들 등록금 고지서에 선명하게 찍힌 500만 원에 가까운 금액을 떠올리고는, "그리 비싼 편은 아니니 효녀들이 아니냐"고 위로하는 게 고작이었다.

　입시지옥에서 힘겹게 벗어난 대학생들이나 학부모들은 요 며칠 심사가 편치 않았을 것이다. 대학 등록금이 올라도 너무 올랐기 때문이다. 수도권의 사립대들은 한 학기 등록금이 500만 원 안팎이다. 1년이면 등록금이 1천만 원인 시대다. 성적이 나쁜 학생에게 한 학기에 최대 750만 원을 받는 KAIST는 예외로 치자. 2007년 도시근로자 가구의 월 평균소득이 367만 원인데, 12개월을 모아도 4,400만 원이다. 자녀 한 명의 대학 등록금만 1천만 원이면, 부모의 허리가 휘청거릴 법하다. 대학 등록금은 해마다 물가상승률의

두세 배씩이나 올라, 지난 10년간 70%나 인상됐다. 국립대도 예외는 아니다. 국립대 법인화를 앞두고 사립대 인상률을 훨씬 웃도는 수준으로 등록금이 책정됐다.

가정 형편이 넉넉하지 않은 대학생들은 등록금을 마련하기 위해 아르바이트나 학자금 대출에 매달릴 수밖에 없다. 보수가 비교적 괜찮은 대학생 과외 같은 일자리는 명문대생이 아니고는 꿈도 꿀 수 없는 형편이다. 연줄이 없는 지방 출신들은 1개월 보수의 70~80%를 소개소에 선지급해야 한다. 대부분의 학생들은 음식점에서 손님 시중을 들거나 음식을 배달하고, 또 공사판을 전전하는 형편이다. 그러니 공부는 언제 하겠는가. 학자금 대출도 이자 부담이 만만치 않다. 정부가 보증하는 주택금융공사의 대출은 지난해 2학기 6.66%에서 올해는 7.65%로 올랐다. 학자금 대출 62만 건 가운데 9.7%만이 무이자 대출이 가능하다. 연체가 잦으면 신용불량자로 분류돼 대출이 거부된다.

'2007년 고등교육기관 졸업자 취업 통계조사'를 보면 졸업자 24만 7,000여 명 가운데 68%인 16만 8,000여 명만 취업했으며 정규직은 12만 명에 불과하다. 대학 졸업자 절반이 취업을 하지 못했거나 비정규직에 종사하는 셈이다. 이른바 '88만원 세대'로 불리는 오늘의 20대들은 대학에 다니면서 높은 등록금에 시달리고, 졸업해서는 반듯한 직장을 구하지 못해 방황하고 있다. 비교적 저렴한 등록금을 내고 대학을 졸업하면 토익공부나 어학연수를 안 해도 척척 취업했던 '기성세대'에 비해, 요즈음 젊은이들이 처한 현실은 안타까울 정도로 냉혹하다.

대학들은 그 많은 등록금을 받아 어디에 썼을까. 교직원들의 인건비와 연구비, 교육환경 개선 등에 적지 않은 금액이 들어갔을 것이다. 그러니 대학들은 등록금을 더 올려야 한다고 불평들이다. 그런데 참여연대의 조사로는 수도권 소재 60개 사립대는 지난 2006년 학교당 평균 108억 원을 적립하였다. 이 금액은 대학이 아닌, 사학법인의 자산으로 편입된 것이다. 이 해에 재단 전입금이 한 푼도 없는 대학도 35개나 됐다. 학생들의 등록금을 올려 받아 장학금 지급엔 인색하면서 부동산 구입 등 사학재단의 몸집만 불렸다는 이야기다.

미국 스탠포드 대학은 연소득 10만 달러 이하 가정의 학생들에게 올해부터 수업료를 면제해주고, 6만 달러 이하는 기숙사비도 면제해준다. 하버드 대학은 연소득 18만 달러 이하인 가정의 학생들에게 총소득의 10%만을 지출하도록 하는 재정보조프로그램을 마련 중이다. 하버드식이라면 연소득 4,400만 원인 한국의 평균 가정 대학생은 연 440만 원만 내면 된다. 천문학적 기부금을 모금하는 미국 명문대와 우리의 처지가 같을 수는 없다. 하지만 이런 노력들이 계속되어야만 대학이 사회로부터 신뢰를 얻을 수 있고, 독지가들의 기부 행렬도 이어질 것이다.

시민단체와 대학생들은 등록금 책정 제도를 개선하라고 목소리를 높이고 있다. 대학 재정의 투명화는 물론이고, 등록금 책정 과정에서의 학생 참여, 등록금 상한제 실시 등이 그것이다. 한 국회의원이 등록금 제도 개선을 위한 법안을 국회에 발의한 지 1년이 지났지만 심의조차 되지 않고 있다고 한다. 대학자율화와 시장경제 논리가 힘을 얻을수록 대학 재정의 투명화와 민주화는 더 멀어질 수 있다. 정부와 국회는 무얼 하는지 모르겠다. 등록금 1천만 원 시대에 '개천에서 용(龍) 났다' 는 말은 속담사전에서도 사라질 처지다. (부산일보, 2008. 2. 29)

차라리
목석같이 살자

　얼마 전 지인으로부터 "삼복더위에 건강하시라"는 인사와 함께 부채를 선물 받았다. 그는 "전통 합죽선은 제조기법을 배우려는 젊은이들이 거의 없어 귀하다"면서 "중국산 부채에 중국산 먹물로 몇 자 적었다"며 송구스러워했다. 선물을 받은 처지에 중국산이라고 탓할 형편도 아니었지만 '목인석심(木人石心)'이라고 쓴 휘호가 예사롭지 않아 "고맙다"는 인사만 되풀이했다.

　'목인석심'이라면 글자 그대로 '나무 사람 돌 마음'이니 '목석같은 마음' 아닌가. 부채를 건넨 지인은 "정론직필(正論直筆)을 바라는 마음을 담았다"고 덕담했으나 언론사에 몸담은 지난 이십수년간 '곡필아세(曲筆阿世)'한 적은 없었는지 마음 한구석이 송곳에 찔린 듯했다.

　삼국지에 나오는 촉나라를 멸망시킨 위나라가 세운 서진(西晉) 때 하통(夏統)이라는 사람은 학문이 깊고 다재다능하여 이름을 떨쳤으나 세속적 명리(名利)에는 초연해 벼슬길에 오르려 하지 않았다. 태위라는 벼슬을 하고 있던 가충(賈充)이 자신의 위세를 높일 심산으로 하통을 찾아가 벼슬을 권했으나 하통은 요지부동이었다. 가충은 많은 군사를 소집하여 세를 과시한 뒤 하통에게 관직에 오르면 이 군사의 지휘권을 넘기겠다고도 하고, 요염한 무희들을 불러 춤을 추게 하고는 미인들을 모두 주겠다고 유혹했으나 하통은 흔들리지 않았다. 가충은 지위와 권세, 미인들을 마다하는 하통을 가리켜 "이 사람은 정말 목인석심"이라며 강권하기를 포기했다고 한다.

하통은 불가(佛家)에서 말하는 인간이 극복하기 어렵다는 다섯 가지 욕심 가운데 재욕(財欲)과 색욕(色欲), 명예욕을 능히 이겨냈으니 식욕과 수면욕도 조절할 수 있는 도인(道人)이 아니었을까. 세상이 어지러울수록 도인을 그리워하게 되나, 도인은 찾을수록 꽁꽁 숨어버린다. 대중 앞에 나서기를 좋아하는 내로라하던 지도자들은 한때 뭇사람의 선망의 대상이었지만, 세월이 흘러 진면목이 드러나고 보면 그들도 탐욕의 노예에 불과했던 경우가 여러 차례 아니었나.

대한민국을 뒤흔들고 있는 안기부 도청사건이 어디에서 비롯됐나. 모두가 탐욕 때문 아닌가. 재벌은 정경유착을 위해 대선 후보에게 줄을 대고, 정도를 걸어야 할 언론사 사주는 재벌의 로비스트 역할을 맡았으며, 정권은 정치사찰을 하지 않겠다던 약속과는 달리 권력을 유지하기 위해 불법 도청을 자행했다. 정보기관 직원은 국가기밀인 도청 테이프를 자신의 신변보호를 위해 불법 유출했으며, 한 재미동포는 거액을 요구하며 재벌을 협박하였다. YS정권은 물론, DJ정권도, 현 정치권도 모두 'X파일의 악몽'에서 자유롭지 못하다. 약육강식인 정글의 세계에서도 게임의 법칙이 있기 마련인데, 남의 약점이 나의 강점이 되는 이 땅처럼 추악하지는 않으리라. 『대학』에 이르기를 군자(君子)는 홀로 있을 때도 삼가고 조심해야 한다(愼獨)고 강조했는데, 밀실에서의 음모도 또 다른 음모에 걸려들고, 결국은 모두가 백일하에 드러나기 마련이다.

서울대 교수들이 제자들의 인건비를 포함한 연구비를 유용했다가 쇠고랑을 차는가 하면, 은행원들이 수백억 원대의 양도성예금 증서를 빼돌려 외국으로 달아났다. 어느 부장검사는 음주운전을 하다 뺑소니사고까지 냈다. 형제 경영으로 소문났던 한 재벌그룹은 형제간의 송사에 휘말려 세상의 웃음거리가 되고 있다. 제자리를 지키지 못하고 유혹에 끌려 다니거나 남의 밥그릇에 곁눈질하다가는 패가망신하게 된다. 이른바 지도층 인사들의 도덕성이 이 정도라면 시정의 잡배와 다를 바 있겠는가.

고사성어에서 '목인석심'이 어떤 유혹에도 흔들리지 않는 부동심(不動心)을 뜻하는 데 비해, '목석(木石)'은 이해관계에 약삭빠르지 못한 바보를 뜻하는 말로 흔히 통용되고 있다. 나무와 돌은 묵묵히 참고 견딜 줄 안다. 바람이 불고 폭우가 쏟아져도, 바람소리 물소리를 대신 전해줄 뿐 불평 한마디 하지 않는다. 나무는 자신의 가지가 도끼자루가 되고, 톱 손잡이가 되어 자기를 해친다 하더라도 원망하지 않는다. "돌에는 맹렬한 의욕, 사나운 의지가 있으면서도 풍상(風霜)에 아랑곳하지 않는 위엄과 정다움이 있다" (조지훈, 「돌의 미학」). 이번 여름휴가엔 바위벼랑을 딛고 선 낙락장송이나 실컷 보고 싶다. (부산일보, 2005. 8. 5)

사회적 기업에서
희망 찾기

"아직도 새벽은 오지 않았다." 세계 경제가 회복되려면 적어도 1~2년 이상을 더 기다려야 한다고 미국의 한 경제전문가가 주장했다. 잠 못 드는 나그네에게 밤이 길듯이, 외환위기 이후 최악의 경제난을 겪고 있는 한국 경제로서는 어두운 터널 속에서 몇 년을 견디기란 여간 답답한 노릇이 아니다. 그렇다고 잠을 더 청할 수도 없는 일이다. 이제부터라도 새로운 하루를 준비해야 한다.

경기도 안양에서 100% 우리 콩으로 두부를 제조하는 (주)짜로사랑의 김동남 대표는 노숙자 출신이다. 술에 취해 길거리에서 잠들고, 막노동으로 몇 푼 벌면 또 술을 사 마시는 그런 세월을 오래 보냈다. 그런 그가 이제는 "지구는 무대이며 인생은 연기"라면서 "나 자신을 사랑하고 서로를 사랑하자"고 격려한다. 2003년 두부 공장을 차려 우리농촌살리기운동본부에 납품을 시작했고, 2007년 노동부로부터 사회적 기업으로 지정됐다. 직원도 9명이나 된다.

요즈음 TV 광고물에 자주 등장하는 '노리단'은 그야말로 '성공신화'다. 연세대 조한혜정 교수가 설립한 '하자 센터'에서 학교 부적응 학생들에게 산업폐품을 재활용한 악기를 만들어 연주하게 했던 게 그 시초다. 이 과정을 거친 젊은이들은 사회에 적응할 수 있는 자신감을 갖게 되었고, 이를 바탕으로 사회적 기업 '노리단'을 설립했다. 대기업의 자선공연이나 홍보물에 출연하고 청소년 체험교육을 실시해 지난해 15억 원의 매출을 올릴 정도로 성장했다. 즐거운 일을 하면서 공익에 기여하고 소득을 올리니 보람이 적지 않을 것이다.

부산 연산동에 자리 잡은 '함께 하는 의료 생협'도 주목할 만하다. 연제구 자원봉사센터 회원들이 경남 창녕 지역 농민들과 도·농 교류를 하던 과정에 협동조합을 설립하게 되었다. 2006년 조합원 한 사람이 많게는 1천만 원에서 적게는 1만 원까지, 2천여 명이 1억 5천만 원을 출자했다. 2007년 사회적 기업으로 지정되면서 노인요양병원과 요양보호사 교육, 의료용품 제작과 공급 등으로 영역을 넓혀나갔다. 지난해 매출 12억여 원으로 손익분기점에 달했으며, 직원은 어느새 70여 명으로 늘어났다.

사회적 기업(Social Enterprise)은 취약계층에게 일자리나 사회적 서비스를 제공하여 수익과 공익을 동시에 달성하고자 하는 기업이다. 기업과 봉사·복지단체의 중간쯤 개념으로 생각하면 된다. 유럽이나 미국에서는 1970년대부터 시작됐다. 영국에서는 5만 5천 개 사회적 기업이 배출돼 전체 고용의 5%, 총매출액이 50조 원(2006년 기준)이라고 한다. 유럽 전체적으로는 약 900만 개나 되는 일자리가 창출됐다.

우리나라에서는 2007년 사회적 기업 육성법이 제정되면서 첫 걸음을 내디뎠다. 사회적 기업에 대해서는 정부가 전문 컨설팅을 제공하여 경쟁력 향상과 자립을 유도하고 자금융자를 지원하며, 사회적 기업이 생산한 재화와 서비스에 대해 공공기관이 우선 구매하도록 하고 있다. 정부는 2012년까지 사회적 기업 1천 개를 육성할 계획이라고 한다. 그러나 지난해 11월 기준으로 154개 사회적 기업이 설립돼 종사자가 5,500명인 수준에 그치고 있다.

모든 기업과 기업인이 미국의 마이크로소프트사나 그 창립자인 빌 게이츠 같은 사람이라면 굳이 사회적 기업을 위한 법을 만들고 장려할 필요도 없다. 하지만 자본이 가진 속성 때문에 대부분의 기업과 기업인은 그런 범주에 들기 어렵다. 따라서 공익을 위한 진정성이 있는 기업이라면 국가나 지방자치단체, 또 소비자가 지원하고 육성해야 한다. 사회적 기업은 네덜란드의 공정무역(fair trade)이나 미국의 빌 드레이튼이 창립한 아쇼카(Ashoka)재단처럼 지역사회나 국가 차원을 뛰어넘어 전 지구촌의 문제를 함께 해결하려고 노력한다.

사회적 기업은 청년실업과 노인복지를 해결할 수 있는 대안이 될 수 있다고 장담하고 싶다. 가령 도시의 젊은이들이 창의력을 발휘하여 시골 어르신들이 만든 유기농 제품을 유통시킬 수 있다면 말이다. 세계 1, 2위를 다툰다는 우리의 정보통신기술은 이를 얼마든지 가능하게 할 수준이다. 다만 일자리 늘리기에 급급한 정부가 '퍼주기 식'으로 추진해 '불량 사회적 기업'을 양산해서는 안 된다는 전제에서 말이다. 빌 드레이튼은 "사회적 기업가는 생선을 잡아주는 것은 물론, 고기 잡는 법을 가르쳐주는 것으로 만족하지 않는다"고 했다. 그들은 고기잡이 산업을 혁명적으로 바꾸려 한다고 한다. 지금 이 땅에서 절실한 일이다. (부산일보, 2009. 3. 6)

세계는
입맛 전쟁 중

    20년 전, 해외여행 자유화가 시행되기 전 유럽의 몇 도시를 둘러볼 수 있는 기회가 있었다. 여행의 즐거움 가운데 현지 음식을 맛보는 식도락(食道樂)을 빼놓을 수 없다. 하지만 인솔자 꽁무니만 따라다녔던 탓에 거의 매일 한국음식점에 들러야 했다. 파리나 런던의 뒷골목에 자리 잡은 한식당은 초라하고 궁색하기 짝이 없었다. 된장찌개나 불고기도 고향의 맛과는 한참 거리가 느껴졌다. 차라리 대형 원탁에 푸짐하게 차려진 중국음식점의 다양한 요리에 훨씬 구미가 당겼음을 숨길 수 없다.

    스위스 취리히에서도 한국 음식점을 찾았다. 그러나 이 집은 사정이 달랐다. 식당의 규모가 매우 컸고, 내부 시설도 고급스러웠다. 음식점 사장이 서울의 특급호텔에서 요리사 출신으로 임원까지 지냈다고 했다. 한국인은 물론 서양인들도 상당수 눈에 띄었다. 한식이 서양 사람들에게 인기가 있느냐고 물었더니, 일식을 가장 선호하는데 값비싼 일식집에 가지 못하는 사람들이 한식당을 찾는다는 답이 돌아왔다. 일본인들은 언제 유럽까지 진출하여 그들의 입맛을 사로잡았는지 기막힐 노릇이었다.

2004년 말 중국 허난성 뤄양(洛陽)을 둘러보았다. 인근에 소림사와 용문석굴이 자리 잡은 이 고도(古都)에서도 세계화는 거부할 수 없는 흐름이었다. 번화가의 한 가게에 '김치'라는 한글 안내판이 걸려 있었다. 이곳은 미국식 햄버거 가게였는데, 햄버거 속에 한국식 김치를 넣어주는, 말하자면 '김치버거' 홍보물이었다. 중국 대륙을 공포에 떨게 한 사스(중증호흡기질환)의 예방과 치료에 김치가 효과적이라는 연구가 나오자 재빨리 상술을 발휘한 것이었다.

중국음식은 이미 세계를 제패했다. 전 세계의 화교가 7천만 명에 육박하는 데다, 그들의 경제력은 세계 경제를 쥐락펴락할 정도다. 중국 식당은 뉴욕에 5천 개, 파리에 2천 개, 영국에는 1만 개, 일본에는 5만 개가 넘는다고 한다. 일본의 스시(초밥)는 애니메이션, 캐릭터 상품과 함께 세계 진출에 성공한 문화상품이다. 공원 벤치에서 햄버거로 점심을 때우던 미국인들이 스시 가게에 줄을 선 지 오래됐으며, 파리에서도 건강식품으로 각광받고 있다. 그럼에도 일본은 정부와 외식협회가 '식문화 연구 추진회'를 운영하며, 전 세계 12억 명에게 초밥을 즐겨 먹게 하겠다는 원대한 목표를 내걸었다. 태국과 베트남 요리는 미국에서 이민자들을 중심으로 성업하더니, 이제는 국가의 대대적 지원 아래 세계 4대 요리로 급부상 중이다. 세계는 지금 입맛 전쟁, 문화 전쟁이 한창이다.

우리는 세계에 내세울 음식이 없는가. 비빔밥은, 불고기는, 김치는 세계인들의 음식이 될 수 없을까. 중국 베이징에 자리 잡은 한 한국음식점은 후진타오 국가주석이 한국음식을 처음 먹어본 곳으로 '중국국가 한국특급식당'으로 지정받았다. 또 다른 한식당은 지난해 베이징에서 열린 세계미식대회에서 전주비빔밥을 출품해 개인전과 단체전 모두 금상을 차지했다고 한다. 중국에서 한국 음식이 인기를 모은 것은 드라마 〈대장금〉 덕분이기도 하지만, 한식이 자연식 건강식으로 인정받았기 때문이다.

비빔밥의 재료가 무엇인가. 콩나물, 시금치, 고사리 등 온갖 나물류에 쇠고기 육회나 볶음, 달걀이 곁들여진다. 참기름이 뿌려져 입맛을 돋우고 고추장으로 비빈다. 밥과 채소와 육류, 발효식품이 알맞게 어우러졌다. 비빔밥의 시각적 아름다움도 빼놓을 수 없다. 오방정색(五方正色), 즉 황(黃), 청(靑), 백(白), 적(赤), 흑(黑)의 조화다. 이 다섯 가지 색은 오행 가운데 토(土), 목(木), 금(金), 화(火), 수(水)를 뜻하고, 방위로는 중앙과 동서남북을 각각 가리킨다. 그 의미는 우주의 중심과 만물의 생성, 진실과 순결, 정열과 창조, 인간의 지혜를 상징한다. 이처럼 심오한 철학을 담은 요리가 또 있겠는가.

문화관광부가 한류의 뒤를 이을 '한(韓)스타일' 육성계획을 내놓았다. 한류가 드라마나 가요를 중심으로 한 대중문화라면, 한스타일은 한식, 한복, 한지, 한옥, 한글, 한국음악 등 세계로 진출시킬 전통문화 6대 브랜드다. 정부의 구상은 거창하면서도 세밀하다. 생활화를 통해 뿌리내리고, 산업화로 부가가치를 높이며, 세계화로 세계인과 소통하겠다는 것이다. 이 가운데 첫걸음인 생활화가 관건이다. 우리 국민이 우리 것을 아끼고 사랑하지 않으면 외국인들이 주목할 리 없다. 정부의 의욕적인 청사진이 빛을 보려면 국민 모두가 생활 속에서 홍보대사를 자청해야 한다. 5년쯤 뒤 파리나 런던에서 서양 사람들로 북적이는 고급 한식당을 만나게 되리라. (부산일보, 2007. 3. 2)

제2, 제3의 한비야는

오지 여행가였던 한비야 씨는 2001년 국제구호전문가로 변신했다. 그의 첫 활동지는 아프가니스탄 헤라트였다. 6년 전 여행을 했던 곳이라 낯설지는 않았지만, 전쟁 직후의 폐허와 주민들의 참혹한 생활상이 그를 맞이했다. 풍년이 들어도 6개월치 식량을 확보하는 게 고작이었다는데 당시에는 극심한 가뭄으로 4년 동안이나 수확이 없었다고 했다. 그는 저서 『지도 밖으로 행군하라』에서 "황무지를 뒤덮은 먼지가 밀가루였으면……" 하는 바람을 가졌었다고 털어놓았다.

바로 그 아프간에서 한국의 젊은이 23명이 납치돼 2명이 희생당했다. 인질사태가 발생한 이후 우리 국민은 악몽과 같은 여름밤을 보내야 했다. 이른바 '협상 시한'이 지난 이른 아침, 눈을 뜨자마자 TV 뉴스를 통해 젊은이들의 안부를 들어야 했다. 우리 정부가 이러지도 저러지도 못하는 상황이니, 이를 지켜봐야 하는 국민도 답답하기 짝이 없다. 온 나라가 집단 무기력증, 집단 스트레스에 빠졌다.

이번 사태를 계기로 국제사회에서의 연대와 협력이 얼마나 소중한 것인지 되짚어봤으면 한다. 중학생 시절, 갓 대학을 졸업했을 나이의 미국인 선생님이 한 분 계셨다. 요즘 말로 하자면 원어민 교사였다. 그 선생님은 양손에 개나 고양이 모양을 한 양말을 뒤집어쓰고 멋들어지게 흉내를 내곤 했다. 순수와 열정으로 똘똘 뭉쳐 신바람 나게 영어를 가르쳤다. 그러니 수업시간이 즐거울 수밖에. 그는 한국에 파견된 평화봉사단원이었다. 미국은 1961년 케네디 대통령의 뉴프런티어 정책의 일환으로 세계 각국에 젊은이들을 내보냈다. 16개국 1천 명으로 시작해 1966년에는 52개국에 1만여 명이 파견돼 전성기를 맞았다. 미국 정부는 평화봉사단 활동을 통해 개발도상국가들을 도움으로써 상호 이해를 증진하고자 했던 것이다.

일본도 예외는 아니다. 20여 년 전 필자가 바티칸을 방문했을 때 미켈란젤로와 라파엘로의 천장 벽화가 채색 보수 중이었다. 일본 기업이 후원하고 있다는 설명을 듣고 몹시 놀랐던 기억이 아직 남아 있다. 일본은 캄보디아의 앙코르와트 복원작업도 지원했다. 아프리카 각국에 학교를 지어주고 일본어를 제2외국어로 가르치도록 했다. 이쯤 되니 아프리카에서 영어 다음으로 가장 많이 쓰이는 언어가 일본어라는 말이 나올 정도다.

중국도 일본에 뒤질세라 아프리카와 동남아에 정성을 쏟고 있다. 2010년까지 전 세계에 공자학당을 500여 개나 설립해 해외 전진기지로 삼겠다는 포부다. 동티모르에 대통령궁을 지어주고 공무원들을 베이징으로 불러 연수시켜주었다. 미국의 텃밭이었던 필리핀에 대규모 프로젝트를 지원했고, 네팔, 파키스탄, 방글라데시와도 굳게 손을 잡았다. 동남아 국가들로선 중국은 더 이상 '두려운 이웃'이 아니라 '든든한 형님'으로 모실 수밖에 없게 되었다.

우리나라도 해방과 6·25 전란을 겪으며 330억 달러에 달하는 외국의 원조를 받았다. 하지만 우리는 대외원조를 받은 나라 가운데 모범적으로 성장한 국가다. 이제는 우리가 갚을 때가 되었다. 1987년 대외경제협력기금(EDCF)이 설치된 이래 공적원조를 47억 5,700만 달러나 집행했다. 경제 규모에 비하면 아직 미흡하다. 2005년의 대외원조액은 7억 500만 달러로 국민총소득의 0.1%에 그쳤다. 경제협력개발기구(OECD) 회원국 평균(0.33%)의 3분의 1에도 미치지 못한다. 금액으로도 미국 276억 달러, 일본 131억 달러에 비교가 되지 않는다. 권오규 경제부총리는 최근 연간 1조 원 규모로 대외지원을 확대하겠다고 밝혔다. 그래도 유엔의 권고치인 국민총소득 대비 0.7%에는 한참 미치지 못한다. 개도국에 대한 원조는 국가 이미지 제고는 물론, 우리 기업의 현지 진출과 수출 확대에도 도움이 된다.

몇 해 전 산악인이자 시인인 부산의 K 씨가 네팔 빈민 후원 계획을 필자에게 내놓았다. 20대 시절 히말라야의 제법 높은 봉우리를 등정했고, 여러 차례 트레킹을 다녀왔던 그는 항생제 한 알이 없어 고통받던 현지인을 수없이 목격했다. 후원금을 모아 의약품을 보내고 한국 병원의 노후한 의료기기라도 보내자는 뜻이었다. 히말라야를 가장 많이 찾아, '신들의 땅'을 가장 많이 더럽혔던 한국인들이 앞장서야 한다는 주장이었다. 그의 꿈이 지금 얼마나 이루어졌는지 알 수 없지만, 어서 실현되길 바랄 뿐이다.

　이제는 정부와 기업이 앞장서고, 우리 젊은이들이 세계로 나가 땀 흘려야 할 때다. 지구촌의 고통받는 이웃을 배려하는 사해동포(四海同胞) 정신이 있다면, 아프간의 악몽은 얼마든지 극복할 수 있다. (부산일보, 2007. 8. 3)

6장

한반도, 그리고
일본, 중국, 미국

한반도,
영화와 현실

　강우석 감독의 영화 〈한반도〉는 잃어버린 조선의 국새를 되찾아 을사늑약 이후 일본에 넘어간 경의선의 권리를 지킨다는 얼개다. 일제의 강압에 못 이긴 고종 황제가 가짜 국새로 불평등 조약을 체결하고 진짜 국새를 숨겨두었다는 가정에서다. 영화는 100여 년 전의 명성황후 시해 사건과 고종 독살 의혹, 그리고 가까운 미래의 경의선 철도 개통, 한·일 전쟁 위기라는 가상 세계를 넘나들며 흥미롭게 전개됐다. 한·일 양국의 군함 출동 장면이나 정부청사 폭파 장면은 박진감이 넘쳐나며 호화 출연진의 연기도 볼 만하다.

　하지만 영화에서나마 일본의 사과를 받아냈다는 통쾌함은커녕, 감상적 민족주의가 횡행하는 현실이 씁쓰레하기만 했다. "대한민국에서 미국과 일본이 빠져나가면 북한과 똑같이 비참해지는 데 10년도 안 걸려"라는 '동맹파' 국무총리(문성근)의 발언은 관객의 공분(公憤)을 자아내기 위한 의도가 엿보였다. 또 '자주파' 대통령(안성기)은 "우리의 주권을 또 침해하려는 일본을 세계의 법정에 세우겠습니다"라고 외치며 관객의 공감을 유도했다. 대통령은 전시가 아닌데도 군 병력을 동원, 주한일본대사관을 봉쇄하는 조치도 서슴지 않았다.

이 영화는 외세(外勢)를 배격해야 한다는 메시지를 전하고 있다. 주 대상이 일본이지만, 미국 중국 등 일본의 주장에 동조하는 나라들도 외세의 범주에 든다. 경의선 개통을 방해하는 외세는 통일의 장애물임을 은연중에 시사한다. 이분법적 흑백논리는 다원화되고 개방된 세상에서 설득력을 얻기 힘들다. '우리끼리'만 잘 살 수 있는 세상이 있다면 모를까, 현실은 이웃나라들과 애증(愛憎)을 주고받을 수밖에 없다.

영화 이야기를 장황하게 늘어놓은 것은 최근 한반도를 둘러싼 국제정세와 우리 정부의 대응이 이 영화와 너무나 흡사하기 때문이다. 북한의 미사일 발사로 동북아의 정세가 급변하는 가운데 우리나라만 외톨이 신세로 전락하는 것이 아닌지 우려를 감출 수 없다. 일본은 군사력 증강의 명분을 얻었고, 미국은 일본과의 동맹관계를 더욱 굳게 다졌다. 중국은 북한 설득에 실패하자 북한과의 전통적 우호관계에서 벗어나 미국 쪽으로 다가서는 움직임이다. 유엔 안보리 대북결의안에 찬성했고 중국은행의 북한 계좌를 동결시켰으며 미 영사관에 진입한 탈북자 3명의 미국행을 허용했다. 중국조차도 국제사회의 '룰'을 어긴 북한을 더 이상 비호할 수 없었기 때문이다.

그런데 우리는 일본과는 대립각을 날카롭게 세웠으며 미국과의 관계에서도 파열음이 계속 들려오고 있다. 일본의 대북 선제공격론에 대해 노무현 대통령은 "말하지 않으려야 않을 수 없다"며 강력히 비판했다. 대통령의 발언이 각계로부터 적절했다는 평가를 받았지만, 더불어 북한에 대해서는 왜 나무라지 못하느냐는 지적도 받았다. 미국의 대북 정책 오류를 지적한 이종석 통일부장관의 발언도 서툴렀지만, 노 대통령이 그를 옹호하며 거들고 나선 것은 너무나 신중하지 못한 처신이었다.

우리 정부의 끊임없는 '짝사랑'에도 북한은 아랑곳하지 않고 있다. 쌀 비료 지원 중단을 이유로 남북장관급회담을 결렬시켰고 이산가족상봉 행사도 중단시켰다. 현대아산이 추진 중인 개성 관광사업을 롯데관광에 주겠다고 으름장을 놓았다. 동포애는 고사하고라도 거래 파트너로서의 신의도 손쉽게 저버린다. 정부 예산으로만 김대중 정부 5년 동안 3조 5,800억 원, 노무현 정부 4년 동안 3조 6,800억 원을 남북 사업에 투입하고도 따끔한 충고 한마디 못하는 신세 아닌가.

6·15민족문학인협의회 남측 회장을 맡은 고은 시인이 최근 "통일은 100년 사업"이라고 토로했다. 2000년 남북정상회담 만찬장에서 자작시를 낭송하며 감격에 겨워했던 시인이 아닌가. 그가 '내일 당장, 아니 오늘 통일해야 한다'던 지론을 왜 바꾸었을까. 송월주 전 조계종 총무원장도 "김대중 전 대통령은 김정일의 속임수에 당했다"며 쓴소리를 했다. 우리민족서로돕기운동 상임대표를 맡아 북한을 10차례나 다녀오면서 인도주의 사업을 펼쳤던 사

회원로가 북한의 미사일 발사 이후 정부의 대북정책 변화를 촉구한 것이다.

통일의 길은 험난하기 마련이니 멀리 내다보고 북한의 변화를 유도하자. 영화 속의 국새처럼 한반도 위기를 해소할 수 있는 비책(秘策)이 있다면 얼마나 좋으랴. 그러나 현실은 영화와 달리 복잡다단하고 냉엄하다는 사실을 정치하는 사람들이 제발 깨달았으면 한다. (부산일보, 2006. 6. 28)

하토야마의 일본,
국화냐 칼이냐

　일본 오사카성에는 도요토미 히데요시가 만든 황금 다실(茶室)이 남아 있다. 이 다실을 최근 오사카의 한 백화점에 재현했는데, 높이 2.5미터, 가로 2.7미터, 세로 2.6미터 크기에 금박 1만 5천여 장이 들어갔다. 다구에 입힌 금박까지 포함하면 우리 돈으로 무려 35억 원이나 소요되었다고 한다. 400여 년 전의 경제력을 감안한다면 다실 하나 꾸미는 데 막대한 금액을 쏟아 부은 셈이니 엄청난 호사(豪奢)가 아닐 수 없다.

　도요토미에게 다도를 가르쳤던 일본의 다성(茶聖) 센 리큐는 자기 집 나팔꽃이 아름답다는 이야기를 자주 했다. 도요토미가 센 리큐의 집을 찾았다. 나팔꽃은 꽃병에 꽂힌 한 송이뿐이었다. 도요토미는 한 송이 나팔꽃의 아름다움에 대해 "과연 센 리큐답다"고 칭찬했다 한다. 센 리큐는 자신이 추구하던 고고한 아름다움의 세계를, 황금다실을 만들며 물질적 향락에 도취한 도요토미가 과연 이해할 수 있겠느냐고 통박한 셈이었다. 사람을 살상하는 칼을 찬 무사들이 선다일미(禪茶一味)의 경지를 흉내 내는 것을 비웃은 것은 아닐까.

2차 세계대전 종전 직전 미국 국무부는 인류학자 루스 베네딕트 여사에게 일본인의 민족성에 대한 연구를 의뢰하였다. 일본을 방문한 적도 없었던 베네딕트 여사는 기존 연구서를 탐독하고 미국에서 살고 있는 일본인들을 취재한 결과 『국화와 칼』이라는 명작을 내놓았다. '국화'는 일본인들의 예의바르고 섬세하며 심미안적인 특성을 뜻하고, '칼'은 '무(武)'를 숭상하고 싸우기를 좋아하며 군국주의적인 성품을 시사한 것이다. 즉 불손하면서도 예의바르고, 완고하면서도 융통성을 발휘하며, 보수적이면서도 새로운 것을 잘 받아들이는, 이중적이면서 모순된 민족성을 지적했다. 한 마디로 '손에는 아름다운 국화를 들고, 허리에는 차가운 칼'을 찬 민족이 일본인들이라고 베네딕트 여사는 꿰뚫어보았다. 어쩌면 도요토미 히데요시가 다도를 너무 즐겼기에, 조선의 막사발을 너무 좋아했기에 임진왜란이라는 침략전쟁을 일으켰다는 분석이 설득력을 얻을 만하다.

일본은 19세기 중반 메이지 유신 직후 후쿠자와 유키치가 주장한 대로 아시아를 벗어나 서구 세계의 일원으로 진입하려는, '탈아입구(脫亞入歐)' 정책에 집중하였다. 미국의 전함이 두려워 개항했던 그들은 영국에서 배를 사들이고 조선기술을 배웠으며, 그 배들로 청일전쟁, 그리고 러일전쟁에서 승리하여 조선을 강제 병합하였다. 그 다음에는 중국 대륙을 침략하였고, 동남아 일대와 미국 하와이 진주만을 공격하였다. 2차 세계대전에서 승전을 눈앞에

둔 미국이 일본인들의 이중성을 얼마나 경계했으면, 베네딕트 여사에게 이를 연구하도록 하였을까 하는 생각이 든다.

그런 일본에 선거혁명이 불어 닥쳤고, 54년 만에 정권교체가 이루어졌다. 하토야마 유키오 총리 체제의 민주당 정권이 엊그제 출범했다. 난공불락과 같았던 자민당 체제가 무너지고 '새로운 일본'이 탄생한 것이다. 하토야마는 어린이 수당 지급이나 고속도로 통행료 폐지, 중소기업 법인세 인하 같은 실천하기 힘든 공약을 내걸었다. 일본의 유권자들은 하토야마의 공약이 실현 불가능함을 알면서도 그에게 표를 던졌다. 자민당 정권 54년을 어떻게든 바꿔보자는 변화의 열망이 강했기 때문이다. 이웃 나라에 사는 우리로서는 그의 내치(內治)가 원활하게 이루어지길 바랄 뿐이지만, '동아시아 공동체 구축'이나 야스쿠니 신사를 참배하지 않겠다는 등 그의 대외 공약에 관심을 기울이지 않을 수 없다. 후쿠자와 유키치의 주장 이후 150여 년 동안 서양만 흠모하고 동경했던 일본이 이제 이웃 나라들과의 선린우호의 중요성을 절감하게 되었나 보다.

하토야마 정권은 '과거 일본의 침략을 받은 국가와 국민들에게 진심으로 사과한다'는 1995년 무라야마 도미이치 총리의 담화 정신을 계승 발전시켜야만 한다. 하토야마 총리의 정치적 영향력은 연립정권의 내각 수반을 맡았던 무라야마 총리에 비해 훨씬 막중하다. 새로운 한일관계를 반석 위에 올려놓아야 할 적기(適機)가 아닌가. 지난해 11월 부산을 찾았던 무라야마 전 총리는 "서로가 다른 점을 인정하고 포용한다면 한일관계는 한층 발전할 것"이라고 했다. 서로 다른 점을 인정하고 받아들이기는 손쉬운 일이 아니다. 하토야마 총리가 먼저 '칼'을 버리고 '국화'를 들어야 이웃 나라들의 신뢰를 얻을 수 있을 것이다. (부산일보, 2009. 9. 18)

아시아를 겨냥한 칼,
일본

　1872년 스위스에서 망명 중이던 러시아 민속학자 레프 메치니코프는 한 일본인을 만났다. 그는 프랑스 유학에 앞서 제네바에서 프랑스어를 배우고 있던 오야마 이와오 육군 중령이었다. 오야마는 훗날 러일전쟁 때 만주국 육군 총사령관과 육군 원수까지 지냈다. 두 사람은 유럽의 정치 정세에 대해 의견을 나누면서 곧 친밀해졌다. 메치니코프는 오야마의 소개로 일본에서 1년여 동안 외국인 고문 자격으로 러시아어 교사생활을 하게 되었다.

　당시 일본은 1년 10개월 동안 100명이 넘는 사절단을 영국, 프랑스, 독일, 러시아 등에 파견해 서구 문명을 배우려고 안간힘을 다했다. 일본인들은 집이나 전답, 심지어 가보까지 내다 팔면서 교육에 열성을 기울였다. 메치니코프는 서양에 대한 열등의식과 아시아에 대한 우월의식을 지닌 일본이 문명화되면 아시아를 겨냥한 쌍칼이 될 것이라고 진단했다.(서현섭, 『지금도 일본은 있다』) 일본이 서구에서 보고 배운 것은 문명뿐만 아니라 제국주의의 침략성도 포함됐기 때문이다. 그의 예측은 정확했다. 일본은 청일전쟁,

러일전쟁에 이어 한반도를 강점했고, 만주사변과 태평양전쟁을 저질렀다.

일본의 야욕은 1945년 두 차례 원폭(原爆)에 의해 잠시 고개를 숙이는 듯했다. 미국에 의해 강요된 '평화헌법'이 무력 보유 및 교전권(交戰權)의 포기를 선언했기 때문이다. 하지만 일본은 잿더미 속에서 다시 일어나 1980년대 세계적 경제대국으로 재기하였다. 경제적 부흥은 일본인들의 의식 속에 잠재돼 있던 군국주의에 대한 향수를 크게 자극시켰다. 역사왜곡과 정치인들의 야스쿠니 신사 참배가 잇따랐다. 평화헌법을 개정하고 자위대를 일반 군대로 전환하자는 목소리도 점점 커졌다. 일본 열도는 이른바 우경화(右傾化)의 급물살을 탔다.

독도가 일본의 고유영토라는 억지 주장이 또 나왔다. 중학교 역사교과서 해설서에 명기됐다. 2012년부터 적용하려던 방침이 앞당겨져 당장 내년부터 시행한다고 한다. 한걸음 더 나아가 고등학교 해설서에도 싣는다는 소식이다. 한국에서 반일집회를 하든 말든 아랑곳하지 않겠다는 태세다. "이웃 나라가 싫어하는 일을 하지 않겠다"고 했던 후쿠다 총리의 재임 중에 이런 일이 발생했다. 또 이명박 대통령이 "한·일 신시대를 열겠다"고 선언한 지 얼마 지나지 않아 '배신감'이 더욱 크다. 그러나 누가 한국 대통령이든 누가 일본 총리로 있든 관계없이 일본의 우경화는 큰 흐름이 되었다. 일본은 2006년 교육기본법의 핵심정신을 공민권(인권)에서 애국심으로 바꿨다. 자라나는 세대들에게 영토 확장이나 자위대의 해외 진출 당위성에 대해 가르치겠다는 뜻이다. 일본의 영토 분쟁은 독도뿐이 아니다. 북으로 러시아와 남으로 중국과 마찰을 빚고 있다.

정광태 씨가 부른 〈독도는 우리 땅〉의 노랫말처럼, 일본이 아무리 우겨도 독도는 우리 땅임에 틀림없다. 그렇지만 일본의 왜곡된 주장이 세계 각국에 상당한 영향을 미쳤음은 사실이다. 한국명 '독도'도, 일본명 '다케시마'도 아닌, 19세기 프랑스 포경선의 이름을 딴 '리앙쿠르 암(Liancourt Rocks)'으로 표기한 인터넷 사이트들이 폭증했다고 한다. 제3의 외국인들이 독도의 중립적 명칭을 사용한 것 자체가 분쟁지역임을 인정하고 있다는 의미다. 우리로서는 크게 우려해야 할 대목이다. 우리끼리 일장기를 불태우고 일본 대사관에 계란을 던져도 세계인들은 독도가 한국 땅인 줄 모르고 있다. 영어로, 중국어로, 러시아어로, 나아가 일본어로도 홍보해야 한다. 역사적 근거를 충분히 제시하고 논리적으로 설명하면 효과적일 것이다. 정부는 물론, 대학 연구기관이나 민간단체도 나서야 한다.

양심적인 일본인들에게도 진실을 알려야 한다. 식민지 지배 시절에 저질렀던 만행을 부끄럽게 생각하는 일본인도 적지 않다. 일제에 의해 숨진 윤동주 시인의 시를 애송하는 후쿠오카 시민들이나, 아버지가 평생 수집하고 연구해왔던 추사 김정희 선생의 작품 2,800여 점을 자진하여 한국으로 반환한 후지즈카 아키나오 씨 같은 사람들 말이다. 이런 일본인들과의 교류와 협력은 양국민의 상호 이해를 돈독히 하며, 한일관계의 새로운 지평을 열어주리라 믿는다. 바이츠체커 전 독일 대통령은 1985년 2차 세계대전 종전 40주년을 맞아 "과거에 대해 눈을 감는 자는 현재와 미래에 대해서도 눈 먼 장님이 된다"고 경고했다. 과거를 반성하지 않는 일본을 향해 던진 쓴소리였다. 우리 국민들도 새겨들어야 할 말이다. (부산일보, 2008. 7. 18)

일본의 인재 양성

일본 고베와 아와지 섬을 연결하는 아카시대교는 현대 토목공학의 진수를 보여준 걸작이다. 총연장 3,911미터 가운데 교각이 없는 주경간이 1,991미터로 세계에서 가장 긴 현수교다. 순간최대 풍속 초속 80미터 강풍과 리히터 규모 8.5의 지진에도 견딜 수 있도록 설계되었다. 공사가 진행 중이던 1995년 5천여 명이 숨진 고베 대지진 때도 주탑의 사이가 0.6~0.9밀리미터 벌어진 것을 제외하면 별다른 피해를 입지 않았다. 일본을 과학기술 강국이 아니라고 부인하는 사람은 드물 것이다. 일본은 노벨상 수상자 12명 가운데 물리 4, 화학 4, 의학 1명 등 과학 분야에서만 9명이나 배출했으니 말이다.

이런 일본에 최근 비상이 걸렸다. 경제협력개발기구(OECD)가 지난 4일 발표한 2006년 국제학습성취도조사(PISA)에서 과학, 수학 응용력과 독해력 등 모든 부문에서 순위가 밀렸기 때문이다. 일본 고교생의 수학 응용력은 세계 57개국 가운데 10위로, 3년 전보다 4계단이나 떨어졌다. 과학은 2위에서 6위로, 독해력도 14위에서 15위로 내려앉았다. 수학과 과학 실력이 추락하면 '기술입국'

을 뒷받침할 수 없기에 일본 열도는 충격에 빠졌다고 한다. 일본 언론들은 창의적 교육을 중시한 '유도리(여유) 교육'에서 원인을 찾고 있다. '유도리 교육'의 방향은 바람직하나 결과적으로 학생들이 학습에 소홀하게 되었다는 지적들이다.

남의 나라 교육을 걱정할 정도로 우리의 처지가 한가하지는 않다. 우리나라 고교생의 학력 순위는 독해력이 3년 전 2위에서 1위로 올라섰고 수학이 3위를 유지했지만, 과학이 4위에서 11위로 곤두박질쳤다. 특히 상위 5% 학생들의 과학 성적은 17위로 밀려났다. 과학에 대한 흥미나 학습동기는 최하위권으로 조사돼 더욱 충격적이다. 독해력 실력이 향상된 것은 학교에서 작문 교과를 강조한 데다 논술시험 준비가 잘된 덕분으로 분석된다. 수학은 사교육 열풍에 힘입은 바 크다. 하지만 2000년 1위를 차지했던 과학이 이제는 10위권 밖으로 추락한 현실에 주목해야 한다. 과학 과목은 언어, 수리, 외국어에 밀려 소홀하게 다루어온 데다 수업시수마저 과거에 비해 줄어들었다.

이번 조사에서 독해력 2위, 수학 2위, 과학 1위를 차지한 핀란드는 그 비결이 수준별 수업이라고 한다. 수업내용을 이해하지 못하는 학생들에게는 반복 학습을 시키고, 우등생에게는 별도의 과제를 주어 재능을 개발시키는 방식이다. 진도를 따라잡지 못하는 학생도 반복 학습을 통해 학습에 대한 흥미를 유발시킬 수 있다. 우수 학생은 심화학습을 통해 한걸음 더 나아가게 된다. 고교 평준화 제도가 도입되기 이전 우리나라의 일부 중학교에서도 우열반을 편성해 수준별 수업을 한 적이 있었다. 열등생이든 우등생이든 모두에게 도움이 된다면 수준별 수업 도입을 굳이 기피할 일이 아니다.

오늘날 한국이 세계 10위권을 넘보는 경제대국이 된 것은 베트남과 열사의 땅 중동에서 땀 흘려 일했던 앞 세대의 노력에 힘입은 바 컸다. 그리고 자동차와 조선, 정보통신기술에 이르기까지 일본을 추격하느라 고생해온 연구자와 근로자들 덕분이었다. 그러면 앞으로 10~20년 뒤 한국인들은 무엇을 먹고살 것인가. 그 해답은 지금 대학이나 각종 연구소에서 밤을 지새우며 연구에 몰두하고 있는 젊은 과학자들에게 달려 있다. 30년~40년 뒤의 미래는 지금의 초·중·고교생들의 몫이다. 인구가 늘어나지 않고 고령사회로 진행될수록 영재(英材)들의 중요성은 더욱 커진다. '한 명의 천재가 10만 명을 먹여 살린다'는 삼성 이건희 회장의 인재론을 굳이 들먹이지 않아도 된다.

일본은 소니 전자제품과 도요타 자동차로 세계 경제대국으로 발돋움했다. 소니는 그 역사가 50년이 넘지만, 이 회사를 세계 일류 기업으로 키운 것은 워크맨이다. 테이프 레코드가 유행이던 시절, 소니의 연구 개발원 이라 미츠로 씨는 아담한 크기의 스테레오 음을 내는 테이프 레코드 개발 작업에 들어갔다. 그러나 그가 만든 것은 녹음 기능이 빠진 테이프 재생용에 불과했다. 실험실의 실패작을 세계적 히트 상품으로 만든 사람은 명예회장 이부카 씨였다. 녹음 기능이 없더라도 언제 어디서나 가벼운 기기로 음악을 들을 수 있는 워크맨은 20년 가까이 세계 시장을 지배했다.

실험실에서 밤을 새우는 과학자와 창의적 아이디어로 똘똘 뭉친 경영인이 나라를 살릴 수 있다. 이번 대선은 가까이는 10년, 멀리는 50년 뒤의 대한민국 국민들이 무엇을 먹고살 것인지 진지하게 성찰하는 계기가 되어야 한다. (부산일보, 2007. 12. 7)

중국 패권주의와
일본 군국주의

병아리 십여 마리 얻어 길렀더니

때로 이유 없이 다투는구나.

몇 번 홰치는 소리 내다가 멈춰 서서

서로 애틋하게 바라보다가 문득 그치더라.

김옥균이 일본 망명생활 중 지은 한시가 얼마 전 처음으로 공개됐다. 1884년 일본군의 힘을 빌려 갑신정변을 일으켰다가 청나라 군사에 밀려 사흘 만에 청운의 꿈을 접어야 했던 '좌절한 혁명가'의 심사를 어렴풋이나마 짐작할 수 있다. 이유 없이 다투는 병아리들은 수구파를 뜻하는지, 아니면 자신의 개혁의지를 몰라주던 고종임금이나 일반 민중들을 가리키는지…… . 돌이켜보면 미국, 러시아, 중국, 일본 등 외세에 포위됐던 조선의 처지가 바로 병아리 아니었던가.

120년 전의 일을 새삼 떠올리는 까닭은 한반도를 둘러싼 동북아시아의 정세가 예사롭지 않기 때문이다. 고종임금이 일본군과 청군에 의해 창덕궁에서 경우궁, 계동궁으로, 심지어 대궐 밖으로 피신해야 했던 그 시절과는 비교할 수 없을 정도로 대한민국의 국력은 신장되었다. 그러나 당시의 열강들이 오늘날에도 한반도에 강력한 영향력을 행사하고 있음을 부인할 수는 없다. 북한 핵문제를 논의할 6자회담의 주역이 그들이며, 근현대사에서 애증(愛憎)이 교차됐던 나라도 그들 아닌가. 특히 아시아의 패권을 다투고 있는 중국과 일본은 천지개벽이 되지 않는 한 우리가 이웃할 수밖에 없으므로 양국과의 관계정립은 영원한 난제라고 할 수 있다.

중국은 연 10%에 가까운 괄목할 만한 고도성장을 바탕으로 국제사회에서 영향력을 키워가고 있다. 중국은 최근 전인대 제10기 6차회의를 통해 후진타오를 명실상부한 최고지도자로 선출하면서 두 가지 정책을 선택했다. 대내적으로 후진타오의 통치철학인 화해(和諧)사회, 즉 고도성장의 후유증을 치유해 국가적 내실을 추구하고 대외적으로는 반국가분열법을 통과시켜 대만의 독립 움직임을 결코 용인하지 않고 무력 사용도 불사하겠다는 것이다. 양안(兩岸) 사이에 당장 전쟁이 발발하지는 않겠지만 군사적 긴장이 고조된다면 동북아 전체에 상당한 파장이 우려된다.

일본은 어떠한가. 1998년 한일 정상회담에서 "일본은 식민지통치가 한국에 과도한 피해와 고통을 준 것에 대해 통절한 반성과 마음으로부터 사죄한다"고 공동선언에 명기했음에도, 그 진실성을 의심케 하는 망언과 역사왜곡, 영토분쟁을 일삼고 있다. 정치 군사 대국화를 갈망하던 일본은 북한의 핵개발, 9·11테러, 중국의 급부상 등을 호재로 삼아 테러대책 특별조치법, 통신 도청법 등을 통과시키고 자위대의 증강과 해외파병 등 보수우경화 흐름을 가속시키고 있다. 특히 한국과는 독도 영유권 분쟁을 일으키고, 러시아와는 북방 4개 섬을 놓고 신경전을 펴고 있으며, 센카쿠(중국명 댜오위) 열도의 섬에 자위대 파병을 검토하면서 중국과의 긴장을 고조시키고 있다.

일본의 이 같은 도발적 움직임의 배경에는 중국을 견제하려는 미국의 묵시적 동조가 있었다는 데 사태의 심각성을 더하고 있다. 마치 구한말 일본, 러시아, 중국이 조선을 놓고 각축을 벌일 때 미국과 영국은 자국의 이익을 계산하면서 일본의 조선 침탈을 묵인했던 과거를 떠올리게 한다.

대원군 시절로 결코 돌아갈 수 없는 21세기엔 미우나 고우나 주변 강대국들과 끊임없이 대화하고 연계해야 한다. 서울대 하영선 교수의 표현을 빌리자면 '한국적 세계화'를 이루어야 한다. 역사 왜곡이나 영토분쟁에 대해서는 민족적 자존과 국권을 단호히 수호하되 국가적 실리를 잃어서는 안 된다. 김옥균을 비롯한 개화파들이 내세웠던 '자강(自强)'과 '균세(均勢)'는 21세기에도 여전히 절실한 덕목이다. 얽히고설킨 외세 사이에서 균형을 잡아 이를 활용하면서 스스로 힘을 길러야 우리를 지킬 수 있다. 120년 전 서로 다투던 병아리가 이제는 새벽을 알리듯, 동북아의 미래를 이끌어 나가는 어미닭으로 성장해야 하지 않겠나. (부산일보, 2005. 3. 18)

대지진 중국의
가능성과 한계

승상의 사당을 어디서 찾을까

금관성 밖 잣나무 빽빽한 곳이더라

(丞相祠堂何處尋 錦冠城外栢森森)

중국 당나라의 시성(詩聖) 두보(杜甫)의 시 「촉나라 승상(蜀相)」
의 첫머리다. 오랜 세월 떠돌이 생활을 했던 두보는 한때 관직에
올랐다. 그러나 이도 잠시, 그는 거처를 청두(成都)로 옮겨 초당을
짓고 은둔생활을 했다. 이때 청두에 자리 잡은 제갈량의 사당 무후
사(武候祠)를 찾아 그를 기리는 시를 남겼던 것으로 보인다. 청두
북쪽 장유(江油)시에는 이백(李白)의 옛집이 있다. 두보가 「봄날
이백을 그리워 함(春日憶李白)」이라는 시에서 "언제나 한 동이 술
을 놓고/ 다시 함께 자세히 시를 논하려나(何時一樽酒 重與細論
文)"라며 보고 싶어 했던 이백이 살았던 집이다.

지난 12일 쓰촨(四川)성 일대를 덮친 대지진에 이들 문화유적지
도 무사할 수는 없었다. 이백의 옛집은 폭격을 맞은 듯 지붕과 대

문이 무너졌고, 박물관으로 바뀐 두보의 초당은 건물 10여 채가 파괴됐으며 제갈량의 무후사도 지진의 후유증으로 한때 폐쇄되었다. 어찌 옛사람들의 발자취만 훼손됐겠는가. 사망·실종자가 8만 명을 넘어섰다. 경제적 손실이 5,200억 위안(약 78조 원)이라는 추산도 나왔다. 전염병이나 물난리, 계속되는 여진 등 제2, 제3의 재앙에 대한 두려움이 살아남은 사람들을 압박하고 있다.

이번 대지진으로 중국이 천하의 중심이라고 생각해왔던 중국인들의 자존심에 적지 않은 상처가 났을 것이다. 쓰촨성 출신인 덩샤오핑(鄧小平)이 집권한 이래 중국은 초강대국 미국을 위협할 정도로 고속성장을 거듭해왔다. 아프리카 대륙에 선심외교를 펼친 끝에 국가원수나 정부 수반 수십 명을 한꺼번에 베이징에 불러 모았을 정도로 국제무대에서 파워를 과시해왔다. 하지만 초고층 빌딩이 숲을 이룬 상하이 도심에서 빈민들의 구걸 행각 때문에 교통 체증이 빚어지는 게 중국의 현실이다. 티베트 시위에서 알 수 있듯이 소수민족 문제는 물론, 지역과 계층 간의 갈등이 시한폭탄처럼 잠복돼 있다. 후진타오 주석이 조화로운 화해(和諧)사회를 부르짖은 것도 이런 배경에서다. 중국은 1976년 24만여 명이 희생된 탕산(唐山) 대지진을 겪었다. 그러고도 지진 경보시스템이 제대로 갖춰지지 않았다. 학교 건물 7천여 채가 이번 지진에 붕괴된 것은 '콩비지 공법'이라고 불릴 정도의 부실 공사 때문이라고 희생된 학생들의 부모들이 분개했다고 한다.

중국 샤먼(廈門)대학의 이중텐(易中天) 교수는 "한나라에서 청나라까지 중국의 제국들은 중앙집권을 강화하기 위해 덕치(德治)를 표방했으나, 실은 폭력 정치를 바탕에 두었기 때문에 멸망할 수밖에 없었다"고 진단했다. 그는 저서 『이중텐, 제국을 말하다』에서 오늘날 중화인민공화국도 공화와 민주, 헌정이 삼위일체를 이루었는지 의문을 제기했다. 전제정치 아래서는 부패와 부실의 악순환을 끊기 어렵다는 말일 것이다. 중국계 미국인인 에이미 추아 예일대 교수도 『제국의 미래』라는 책에서 "관용 없는 제국은 미래가 없다"고 주장했다. 그는 로마제국이나 중국 당나라, 몽골, 대영제국의 예를 들면서, 관용을 베풀어 패권을 장악한 제국들이 불관용과 인종 및 종교 차별 정책을 펴는 바람에 무너졌다고 분석했다.

자연현상인 지진과 중국 사회의 모순점을 결부시키는 것은 무리일 수도 있다. 하지만 삶의 질을 중요시하는 선진사회일수록 자연재해는 물론 사회구조적 모순을 순조롭게 극복해왔음을 알아야 한다. 중국이 소수민족과 주변 국가를 무시한 패권주의에 골몰하고, 세계 최대를 자랑하는 샨사댐과 같은 양적 성장에 몰입하는 바람에 지진 피해를 예방하고 최소화하는 데 소홀했음을 지적하려는 뜻이다.

이번 지진은 중국에 새로운 기회를 제공할 수도 있다. 탕산 대지진 때는 3년이 지나서야 참상의 일부가 알려졌다. 그러나 이번에는 쓰촨의 비극을 즉시 공개했다. 중국 사회가 그만큼 투명해진 것은 틀림없는 사실이다. 후진타오 주석과 원자바오 총리 등 지도부들이 현지로 달려가 이재민들과 아픔을 함께했다. 사이클론이 덮쳐 13만 명이 희생된 미얀마의 군정과 달리, 중국은 각국의 구호인력과 구호품을 받아들였다. 올림픽 성화 봉송 때의 맹목적 애국주의와는 사뭇 다른 모습이었다. 중국의 네티즌들도 국난 극복에 원동력이 되었다. 중국 대륙엔 희생자들에 대한 애도의 물결과 함께 "자요유 중궈(加油 中國)", 즉 "중국 힘내라"는 목소리가 넘쳐난다. 공자와 제갈량, 이백과 두보의 나라 중국이 다시 일어서 선현들의 '덕치'를 되살렸으면 한다. (부산일보, 2008. 5. 23)

후진타오의 실용주의

　　노무현 대통령이 중국 방문 기간 동안 한국의 역대 어느 대통령보다 극진한 대접을 받았다. 방중 직전 인민일보나 CCTV 등 주요 매체들이 노 대통령의 인터뷰를 크게 취급했으며, 정상회담 직후 이례적으로 후진타오 국가주석과 공동 기자회견을 가졌고 원자바오 총리 등 주요 수뇌부와의 연쇄 회담이 이루어졌다. 중국 측이 한국의 대통령을 영접한 것은 국난인 사스 퇴치 이후 즉각 찾아준 데다, 비슷한 시기에 세대교체를 이룬 젊은 지도자끼리의 만남이라는 점에서 각별했을 것이다. 그렇지만 실리와 실용을 중요시하는 중국 체제의 특색과 후진타오의 정치성향을 잊어서는 안 된다. 중국은 노 대통령을 환대하면서도 정상회담을 통해 북한에 대한 영향력을 과시하고 자신들의 입장을 대부분 관철해냈다.

　　후진타오의 중국은 형식이나 권위주의를 벗어던지고 실질을 숭상하는 방향으로 변화하고 있다. 지난 5월 G8 정상회담에 참석하기 위해 출국할 때는 인민대회당에서 열리던 환송행사를 폐지시켰으며 해마다 여름이면 최고지도자들이 베이다이허(北戴河)에서 개최하던 회의도 없애 밀실정치를 하지 않겠다는 뜻을 비쳤다. 후진타오의 실용주의 노선은 외유내강형의 성격과 합리적 모범생으로 자라온 특유의 성실함에 바탕을 두었다.

또 13억 인구의 지도자로 성장하기까지 그를 밀어준 쑹핑(宋平)의 현장업무 중시 스타일, 그를 발탁했던 후야오방(胡耀邦)의 치밀한 연구와 조사, 그를 4세대 지도자로 낙점한 덩샤오핑(鄧小平)의 개혁·개방 및 선부론(先富論, 먼저 부자가 됨을 허용함)을 이어받은 결과이다.

후진타오가 고급간부들의 자제인 태자당의 견제 때문에 공청단 제1서기에서 밀려나 변방인 구이저우(貴州)성 당서기로 일하던 시절을 보면 그의 지도자적 역량을 알 수 있다. 구이저우성은 '사흘 연속 갠 날이 없고, 3리가 평평한 땅이 없으며, 서푼의 은전도 없다'고 할 정도로 가난한 지역이었다.

이를 뒤집어보면 강수량이 풍부하며, 산악지역이어서 지하자원이 많고 관광산업의 발전 가능성이 높다는 뜻이다. 그는 현지 간부들을 모아놓고 "실질을 추구하고, 실질적인 것에 힘을 쏟고, 실효성을 따지겠다(求實, 務實, 講究實效)"고 강조했다. 중앙당의 방침과 정책을 지키되 실제 업무는 구이저우의 현실을 바탕으로 추진하겠다고 천명했다. 벌거숭이 언덕에 숲을 가꿔 홍수를 방지하고, 호주 뉴질랜드의 전문가를 초청해 선진농법을 전수시켰다.

'개혁 실험 특구'를 조성해 사영기업, 외자기업을 유치했으며, 도로·철도 등 사회간접자본 시설을 확충했다. 교육예산을 대폭 늘리고 학교를 증설, 인재양성에 힘썼다. 그는 베이징의 명문 칭화

대 출신이면서 구이저우대학의 컴퓨터과정에 청강생으로 입학해 4년 동안 거의 개근할 정도로 열심히 다니며 젊은이들과 대화했다. 그 결과 구이저우의 1인당 GDP는 5년 새 무려 94%나 증가했다.(양중메이 지음, 『뉴 차이나 리더 후진타오』)

중국의 변화속도는 놀라울 정도이지만 결코 요란하지 않고 조용하게 진행되고 있다. 후진타오는 2인자 시절이던 지난해 유럽순방을 통해 세계 언론의 주목을 받았으면서도 정작 국내언론에는 자신에 대한 보도를 삼가라고 말할 정도로 언행에 신중한 사람이다. 실사구시(實事求是)를 추구하는 후진타오가 최고지도자가 됐으니 중국의 성장은 더욱 탄력을 받을 게 분명하다.

노 대통령의 중국방문은 예상과 달리 북한 핵문제에 대한 양국 간의 이견이 노출됨에 따라 큰 성과가 없었다는 지적이 나오고 있다. 그러나 노 대통령이 중국의 변화를 두 눈으로 목격하고 대륙의 역동성을 체감했다면 이보다 더 큰 소득은 없다. 노 대통령이 베이징 특파원들과의 간담회에서 중국 공산당 정치국 상무위원 9명 전원을 비롯해 지도자의 90% 이상이 이공계 출신인 점을 거론하며 "이공계 출신 인사를 중용하는 인사개혁에 착수하겠다"고 밝힌 것은 고무적이다. 이제 우리도 '코드'를 따지면서 사회적 갈등만 키울 것이 아니라 일 잘하는 전문가를 요직에 앉혀 나라 살림 잘 살도록 해야 한다. 덧붙여 노 대통령이 빙판길을 걷듯 신중한 후진타오의 처신도 배웠으면 더 바랄 게 없겠다. (부산일보, 2003. 7. 11)